市民大道╳敦化南路
〈天天鍛鍊〉〈夕照〉
忠孝東路╳延吉街
〈夜間飛行〉
仁愛路╳光復南路
〈土撥鼠私語〉
松隆路
〈哈，哈日風〉
捷運木柵線

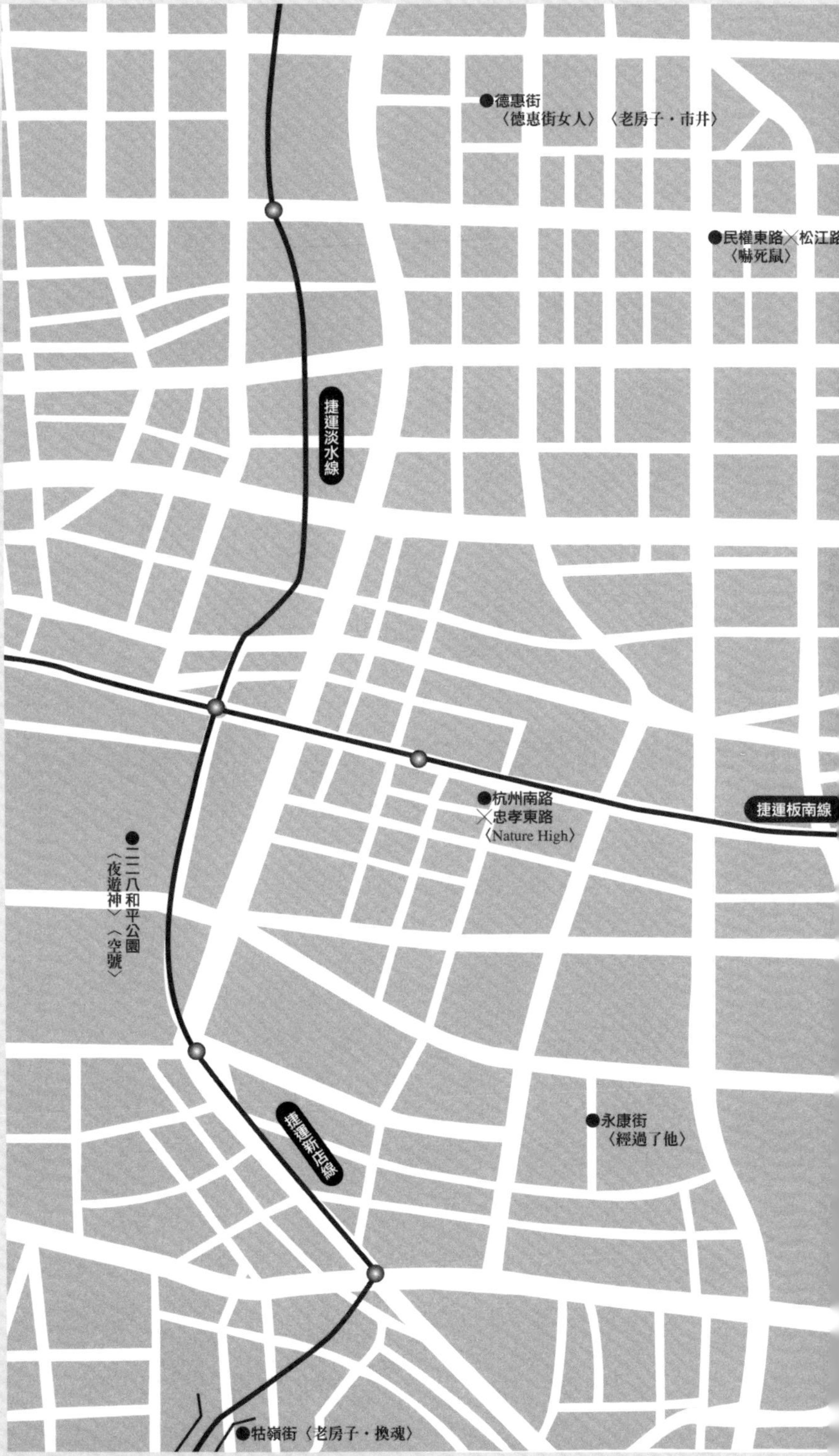
德惠街
〈德惠街女人〉〈老房子・市井〉
民權東路╳松江路
〈嚇死鼠〉
捷運淡水線
捷運板南線
杭州南路
╳忠孝東路
〈Nature High〉
二二八和平公園
〈夜遊神〉〈空號〉
永康街
〈經過了他〉
捷運新店線
牯嶺街〈老房子・換魂〉

沙崙〈暗潮〉
淡水
〈夕照〉
〈我的草木們〉
陽明山
〈有鬼〉
外雙溪
〈浮生〉
台北市
輔大
〈Nature High〉
平溪
〈飛起來了〉
台北縣

關鍵字：台北

王盛弘 著

你我都希望站在陽光下，用自己的真姓名、真性情，揮灑元氣飽滿的情和愛。（國父紀念館）

也曾想像住處廣栽花草，平日裡偽裝成沉默的綠色寵物，花季一到，一株株次第盛開，我既是最辛勞、卑微的長工，同時飽享被撒嬌、邀寵的老爺子虛榮。（左頁：同安街）

我說，坐辦公室吹冷氣並非我的初衷，我更願意在陽光下勞作……我說，我本是農家子弟，深諳四時更迭、草木榮枯……（植物園）

各種飯
NTA

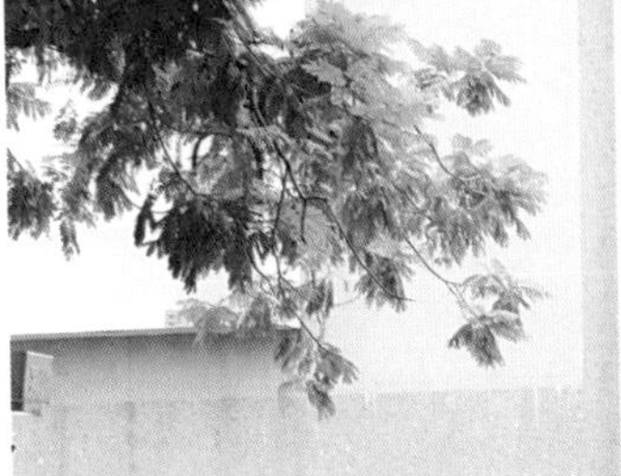

木屋前一排行道樹，夏天會盛開一串串黃色花朵的盾柱木，相較於木屋的數十年好像一天，這一排盾柱木隨著季節變化面貌，花謝了又開，葉子落了又長出來，活得很有興味。（建國北路、八德路口）

我不敢忘記有更多的人，對他們有意義的不是文字的力量，而是紙張的重量。（牯嶺街）

那時陽台上綠意滿是，日光篩過紗窗，地板上影影綽綽，微風吹過，飄飄搖搖，一閃神以為自己身在叢林裡。（左頁：同安街）

分推
月令
明相

樹們都還在，只是瘦了野了有些還生著病；大花咸豐草霸占整座春天的稻埕，昆蟲走動蚊蚋飛舞，美人蕉塗胭脂抹粉怡然自在。這一切，我所感覺到的並非傷逝，我所感覺到的是隱隱然大自然有個秩序在推移著，像月有圓缺天有陰晴潮汐漲起復退散。（和平西路，八德路。左頁：同安街）

賀新禧
福

茄苳夾道過後，是有水池、拱橋的日本風花園，我匆匆穿越，警衛室裡的燈火還亮著，我的一隻影子給伸長又縮短了讓我拉到露天音樂台前長條椅子上，釘下。

站到水池旁，背倚春秋閣，滄海亭在左，大木亭在右，館前路在右，凱達格蘭大道在左，我的身後是台大醫院那龐大而陰鬱的建築。（二二八和平公園）

是個家了，把賃來的房子退了租。瓦縫裡蝙蝠你是黑戶，多久沒交房租了？搬家搬家；樑上的燕子啊燕子，是南飛的季節了，快走快走；蛇呀，少在那裡占著毛坑不，嗯，咳咳；蟾蜍，可以請你遷居到院子嗎？（光復南路）

套房房租7000元
0932
套房出租
精 選 租 屋
0938-792-368 阿川哥
房屋出租
租金6500
一房一廳一廚一衛
獨立門戶寧靜交通放便
0955-717-536

青春在當代是個絕對值；而老，這個社會並沒有教導我們怎麼面對老。（廈門街）

目次

輯二

歡樂台北

白先勇

王盛弘出版過六本散文集，《關鍵字：台北》是他的第七本散文創作，他也得過各種重要散文獎，在散文界裡，因為他修練出自己獨特的風格，所以能另樹一幟。他的早期作品《桃花盛開》、《假面與素顏》便已透露他是一個心思極為敏感細緻的作家，他自稱對琦君的散文情有獨鍾，琦君散文溫文爾雅，直書性情的風格，可能對他的早期作品有啟示作用，那兩本散文，一些童年往事，寫得真情畢露，下筆流暢，根基扎實。《草本記事》（後改名為《都市園丁》），及《一隻男人》因為題材特殊，文風也就各異。前者是一本植物百科，但作者對於花花草草的一些超級感應才是這本書最可讀的地方：陽明山上晚間茶花落地的聲音，作者也有特殊感觸。而後者則是一本無所保留的懺情書了，在台灣的同志書寫中恐怕還是首創。自此以後，王盛弘的文字風格便加速的起了變化，到了《關鍵字：台北》，許多篇已經滑入跳躍、剪輯、蒙太奇重疊的後現代世界裡去了。

王盛弘生於一九七〇年彰化和美鎮，十八歲才負笈北上求學，此後一直在台北工作停留。這個時間點與地理遷徙，對他的寫作有重大影響。王盛弘的寫作心理似乎一直存在著台北和彰化和美兩大區塊，城鄉之間的矛盾與緊張往往也就反映到他的作品裡。雖然他在台北居住已經二十年，但始終似乎未能完全與這個城市取得妥協。他寫過初上台北讀書，鄉下孩子進城的興奮與彷徨，在大學裡與女同學跳舞時的慌張笨拙，那時候是八〇年代後期，台北正邁向一片榮景的鼎盛時期，也是許多外地人來追求各種夢想的地方。和美少年到台北來，大概也一直在尋夢。可是這個「無情城市」久不久總要刺他一下，使他不得不回過頭去，瞭望彰化鄉下那片綠油油的田野，以求得心靈上的止痛療傷。在王盛弘的幾本散文中，總有幾篇，突然會跳回家鄉和美鎮去，寫出一片牧歌式農家樂的景象：務農的父親在田中耕作的身影、鄉親們閒話桑榆的畫面，那些文章裡，有耀眼的陽光，拂面的稻香，是王盛弘作品中最貼心、最真摯的描寫，寫到中風後的父親，更是情不自禁。但當他筆鋒轉向台北的時候，馬上變色，進入了一個海市蜃樓式的世界。

《關鍵字：台北》裡的文章，背景當然都在台北，但除了少數幾篇外，描寫的都是這個都市特殊的一則風貌：歡樂台北。書裡幾乎囊括了台北各種歡樂場所：新公園裡的陌生邂逅（夜遊神）、健身房裡肌肉同志的孔雀開屏（天天鍛鍊）、歡樂轟趴（夜間飛行）、歡樂海灘（暗潮）、網路上的歡樂族（花盆種貓），當然還有歡樂吧。這些場所作為背景，作者也就經歷了數不清的歡樂離合。

二〇〇一年王盛弘出版了《一隻男人》，整本書幾乎都在訴說「一隻男人」尋尋覓覓在搜找另「一隻男人」的故事，書名頗具寓意，「一隻」形單影隻，

「一雙」當然就成雙成對了。可惜那本書到最後一頁，一隻男人終究未能覓得另外一隻，無法修成正果。近些年台灣文學並不乏同志書寫，但多以小說形式虛擬故事出現，像《一隻男人》能拉下「假面」，完全以歡樂「素顏」告白的散文作品，並不多見。在《關鍵字：台北》這本書裡，一隻男人仍舊繼續在尋覓、在渴求，在追逐他那似乎永遠圓不了的綺夢。不同的是，七、八年前，《一隻男人》寫的是三十歲以前，少年輕狂的分分合合，充滿浪漫憧憬，愈挫愈勇，興致勃勃，因為年輕，經得起打擊。可是七、八年後，經過時間的銷磨，一隻男人尋夢的調子變了，因為有了滄桑，變得淒惋。〈經過了他〉是回憶一九九五年九三軍人節在公園遇見的他，他是一個做得一手好菜的職業軍人，與他手纏手，想「與子偕老」，可是卻發覺原來他還有另一隻男人，於是地址簿上只剩下一個挖掉的空洞，心上一抹去不掉的傷痕。一而再，再而三，傷痕就愈積愈多了。〈花盆種貓〉是集子中較特殊的一篇寫作：網路歡樂族的虛擬愛情，對象是位時髦美男，經過一連串網上的虛擬交往後，終於相約見面了，而當美男盛裝迎來時，一隻男人突然從牆上鏡子裡窺見自己青春不再的真實面貌，他與美男擦身而過沒有停足。美男的代號叫鳶尾，所以他也去買了盆鳶尾花，擱在露台，一天鐵窗半空中吊下一隻被劃開肚皮的貓，他把死貓埋進花盆裡當肥料，隔年鳶尾盛開。網路的虛擬愛情，像夜貓一般幽祕，會開出詭異的鳶尾花。這篇文章似真似幻，寫的是個後現代的虛擬世界。

前三年洛杉磯有一篇關於台北歡樂生涯的報導，把台北稱為亞洲「歡樂之都」，比起其他亞洲城市，大概台北對待歡樂族算是自由開放的了，證諸《一隻男人》及《關鍵字：台北》裡歡樂族的離合故事，沒有一篇是因為受社會迫害或法律制裁而分手的，他們有絕對擇偶的自由，卻偏偏難以成雙。這就觸及到人性的基本問題了。人類都在追求自由，但自由到手卻不一定懂得珍惜、善用。人就是這樣矛盾，如此不肯安分。自由台北，一隻男人在這個歡樂之都裡，尋找天長地久的伴侶，是何其艱辛。

鳶尾盛開

——我讀王盛弘《關鍵字：台北》

張瑞芬（逢甲大學中文系教授）

說起王盛弘，他的人我至今不識，可是文章，實在令我印象深刻。二〇〇七年底第三屆林榮三文學獎散文組決審會議上，佳作如林，競爭激烈，一篇意態從容，平衡感絕佳的〈天天鍛鍊〉，使我給他打了不折不扣的最高分。這個不知道為什麼沒拿到冠軍的，就是王盛弘——二〇〇六年以漫遊歐陸的《慢慢走》頗受好評的年輕散文作者。而今他把〈天天鍛鍊〉在內的二十餘篇散文近作集結成書，就是這本《關鍵字：台北》。我一讀再次驚豔，那當初的一絲懸念猶如得到了扎實的落腳處，不能不再次推薦這優異的作者。

一個人有沒有寫作的魅力或潛能，大抵從陌生人眼中最能見出。在文壇的星光競賽中，王盛弘這個聲音是材質獨特且辨識度高的。他寫建國花市、陽明山溫泉、德惠街的媽媽桑、都會男子的健身房體驗，甚至街頭的同志酒吧與舞廳夜店。鍵入關鍵字台北，伴隨著蔡依林的舞曲〈愛無赦〉，這是一本男版的《慾望城市》，遊移在散文與小說界線的夜暗男人幫。這城市有多少鍾文音《豔歌行》中的單身異性女流離於情慾中，就有多少單身同性男在夜黯中摸索。王盛弘曲風流暢，唱腔自信，在陽台路邊的蓊鬱草木間，在居家患鼠的混亂裡，不慍不火的夾帶著幽默家常趣味，白天是抓撮枸杞參鬚泡入熱水壺上圖書館看書的宅男，晚上化身為搭捷運上舞廳的夜遊神，晝與夜分飾兩角。外雙溪領略林園之美，與朋友平溪放天燈，建國花市拈花惹草，為情人下廚整治一桌佳餚，閒看樓下拉麵店人世更迭，德惠街女人新鮮潑辣。張清志沒有他爽朗明快，蔡康永比起他則少了些地方與人的具體感。

「青春已是強弩之末」，身世仍來路不明。我愛王盛弘這將老未老，題材不俗，雍容自在。他文字旋律的流暢感顯然不完全是天賦異秉，而是苦熬出來的。十足小聯盟蹲了幾年冷板凳才上場發光發熱的典型。不信的話去看二〇〇〇年他那本《假面與素顏》，甚至稍後的《帶我去吧，月光》、《一隻男人》，聲音已經算是會唱的了，就是還沒有找到自己的歌路與造型。但是這本《關鍵字：台北》承繼《慢慢走》而下，作為計畫寫作的「三稜鏡」三部曲之一，以台北都會和性別情慾為核心，王盛弘找到自己的定位，也逐漸開始展現大將之風。

在《一隻男人》裡，有許多《關鍵字：台北》的人物原型，那些早期文字裡模糊的細節、短暫的邂逅與交代不清的情緒，到《關鍵字：台北》都得到了文學的處理，顯得亮眼灑脫。脫去迷霧後，王盛弘的邊緣敘事深化成了人性思考，也使自己的寫作格局走出了封閉困境。〈天天鍛鍊〉是一場「肉體辯證學」，他先從細節刻畫入微，用健身房裡驕傲的同志肌肉男，對比蒸汽房裡頹老鬆弛的異性戀老男（終生求偶的孔雀vs.完成生殖任務的鮭魚），再以鄉村老爸和都會兒子製造出人生期望的光影反差，結尾漂亮、優容而有餘味。人們天天鍛鍊，鍛鍊的究竟是肉身還是心智呢？正如同那篇〈花盆種貓〉，談壓抑的慾念，卻汗毛直豎令人想起葛亮〈謎鴉〉與黃麗群〈貓病〉。

〈花盆種貓〉故事中的男主角與化名「鳶尾」的帥哥網友初約見，一見自慚形穢，蓄積了多時的仰慕，終於在瞬間息了妄念。那花台上偶然闖入而被利剪穿腸破肚，暴屍可怖的貓，實為「慾念」、「渴望」或「想像」的隱喻。人自雲端跌落谷底，仍得安靜認分過每一天，靜靜的絕望著。類小說的布局，交雜著驚悚的元素，收得很好。〈夜間飛行〉是周五晚的同志轟趴，迷幻樂音，交疊著大學時的青澀戀情。拉長散文體式，結合小說意識流的敘述，作多條主線交叉，並製造出懸疑感，結尾在清晨中主角自覺身體蒸發掉了那一段，尤稱奇崛。

王盛弘《關鍵字：台北》，遊走在真實與虛構，小說與散文間，不只題材鮮明，文字較之前作，也不再綁手綁腳，顯得更為活潑。他可以將自助餐店和風月場所並列，形容它們販售的同是生活必需品；穿錯的性別，活像愚人節穿錯一雙鞋。晚餐的自助餐店人聲鼎沸，「鯉魚池子到了餵飼時間一個樣」；經過樓下理髮店，常被坐在騎樓的媽媽桑「捕」住；德惠街一女子對他淺淺微笑，「立馬我認出她來了」；窩在相熟麵店廚房外的角落吃麵，老闆娘忙進忙出，「面對我像養小白臉，一轉身，對夥計卻像負心漢」。不要小看這語言的鮮活準確，這比直接擬聲的鄉土方音不易。如〈嚇死鼠〉情味別具，語言乾淨利索，「居家一隻鼠，好過一個名存實亡的情人」，諷喻／幽默意味就很畫龍點睛。足見雖是彰化和美鄉下出身，王盛弘的白話語言節奏快，真假音轉換自如，是錘鍊過的精緻，陳冠學早期稱讚他的文字「宛若遊龍，驅遣自如」，所謂即此。

三十年了，新公園的青春鳥成了夜遊神。舞池人生，愈夜愈美麗。王盛弘在《關鍵字：台北》裡這些超越了性向魔咒的文字，很有點台北地誌書寫的趣味。比較抒情且鑑照自我的〈灰塵〉、〈暗潮〉、〈夕照〉，則與輯二的大部分短文相互輝映。在本書代跋〈老房子〉中，王盛弘自述「用文字為自己砌造一座護城河，圈地，自立為國王」。就算是「靠邊走」，也不再需要自我污名為鱷魚或荒人了，書中的土撥鼠、灰塵、鮭魚、盆栽、貓與植物，無往而非隱喻。正如紫色豔麗的鳶尾蘭（Iris），它的花語正是「勇於追求愛情」。在梵谷（Vincent Van-Gogh）或莫內（Claude Monet）筆下同樣魅惑人。

花盆種貓，城市織夢。當鳶尾盛開，情慾藤蔓攀緣而上窗台。正如鯨向海詩云：「愛人是植物性的／每個假日／我跟著他的花粉飄散，降落」。王盛弘台北盆地的邊緣記事，一點綠意，半分悵惘，還有很多凡人俗夢，在文字中發酵著。

輯一

夜遊神

那天傍晚，我和某大姊約在麗水街上京兆尹，我早到了，站在店招下等人。時近中秋，簷下紅燈籠一隻隻都像一個個胖姑娘，我聽見其中一個胖姑娘開口，她說這已經什麼時代了，還流行那種減肥的封建思想嗎？另一個胖姑娘附議，是嘛是嘛，你看對街那幾棵瘦樹，頂著個不成比例的蓬亂大頭，沒有半點精神，現在才幾點鐘，便都昏昏然睡去。第三個胖姑娘發出了一聲噓——要她們壓低嗓聲。原來對街那一排瘦樹此時都已半睜開眼，對她們露出了眼白……

那時候，我剛退伍不多久，在軍中對我頗照顧的某大姊，幾次打電話到南部，要我北上聚聚，我們就約在京兆尹。她趕到時，我正聽胖姑娘們你一言我一語聽得不自禁笑出了聲，她邊抹大汗（她也是個胖姑娘哩），邊問我，什麼事情這樣開心啊？隨即自顧地向我介紹了她的一名年輕女性朋友。餐桌上，三個人乾乾澀澀說著話，我不時轉頭去望簷下，胖姑娘們嘀嘀咕咕一陣，也就搖搖擺擺蕩入夢鄉裡去了。兩個小時過後，我將回程車票捏在手上，說要趕車去。離去前，某大姊讓我和那名女孩互留了電話，說是以後可以多聯絡。

夜裡，一個人，在麗水街永康街金華街團團轉，白色清真寺轉來白色清真寺轉去還是那座白色清真寺。方才我還拍胸脯說自己識路的，結果一出京兆尹，就迷失了方位。台北我是十八歲就上來的，七八年過去，對南區一帶仍然陌生得很。後來我向一名喊著有酒矸仔倘賣無的老伯問了路，才尋到幹道，隨即跳上一輛249。車上回想起方才那一幕，憬悟到那場面就是相親。這都已經什麼時代了，還流行那種相親的封建思想嗎？我想起胖姑娘所說，又想到自己的蠢模樣，並不懊惱，只感覺到好笑，原來自己也到了要旁人操心這回事的年紀了。

心情意外地好哩，跳下249路公車，眼前就是火車站了，我摸摸左胸口襯衫口袋，一張夜行車票穩穩靠在那裡。方才說是要趕車，只是個藉口，時間其實還早。我沒有多猶疑，沿著館前路騎樓，背逆原該前去的車站，我往省立博物館那巴洛克風格的建物走去，經過左右兩隻銅臥牛，便把館前路上男女喧嘩車聲嘈嘈給阻擋在外了。

繞過幾盞命相攤子的暈橙燭火，走進旋轉門，走進一個異想世界：茄苳夾道過後，是有水池、拱橋的日本風花園，我匆匆穿越，警衛室裡燈火還亮著，我的一隻影子給伸長又縮短了讓我拉到露天音樂台前長條椅子上，釘下，一如過往許多次，我夜的冶遊以此為折返點。

月亮在音樂台後側天空，以竟也不難覺察的速度，緩緩爬升，牆上幾隻馬賽克鑲嵌白鴿子，受了月光點染，羽翼粼粼閃動，在我視線須臾偏移的片刻，一時都搧動雙翅，撲撲飛起，三隻成群，五隻一隊，在音樂台上天空打圈圈，幾球絨絨的羽翮，慢緩緩地，像有著美麗六角結晶的雪花，左擺，右盪，一片片飄下，天幕被點綴得一閃一閃亮晶晶……

涼風輕吹，如熱灶上一口鼎的思緒也就清爽了。當時我終於下了個決心：起身，遠遠避離開博物館後方以日晷為圓心的草木扶疏深不知處的地帶，站到水池旁，背倚春秋閣，滄海亭在左，大木亭在右，館前路在右，凱達格蘭大道在左，我的身後是台大醫院那龐大而陰鬱彷如死神化身的建築，身前遠方視線不能及的，是西門町。而眼下，不當令的杜鵑以為自己的綠葉也能夠傾城，一蓬蓬怒放著，綠珊瑚和棕櫚就更不用說了，以傾國的態勢，裝飾這園子成一熱帶迷宮；稍遠，梵谷的柏樹卷曲伸向天空，背光幾乎成為翦影，翦影裡有賽璐璐般透明的人影子在穿進穿出，穿出穿進。

遠方隱約有車鳴傳來，或者也有窺伺如獸的目光在牆眼上……這些，都已經管不著了。

眼前這一切，當時於我有如偵探小說裡謎底揭曉，或是清明上河圖捲軸在我眼前盡現，要到很後來我才知道，其實甫翻過序文，故事才剛剛要開始。

月亮高掛半天，我坐上水泥欄杆，看她輕悄悄爬過音樂台，爬過阿勃勒，爬過蓮霧樹，終於爬上了大王椰子樹頂梢。就這樣，我坐在水泥欄杆上，看月亮比新光三越樓頂閃著腥紅光點的避雷針還要高，比富邦銀行FB字樣的一會兒把天空染成藍色一會兒染成綠色的霓虹還要亮，又高，又亮，絕對的高，絕對的亮，好似與人間並不相干似地，站到了神俯覽的位置。就這樣，我坐在水泥欄杆上，也不離去，也不到處兜著圈子轉，就當作還在當兵，站一班便衣哨。

我失神了，以至於當有人上前同我攀談時，月亮在我身前如鏡摔下破成許多碎片，我問：你說什麼？他慎重地重複：我是說，你還要繼續在這裡站下去嗎？怎麼回答我不知，支支吾吾我告訴他：我是坐著的不是站著的。他噗嗤一笑：你這個人挺好玩的。我見他笑了，我也就笑了。他遂把雙手往欄杆上一壓，身體一縱，坐到我身邊，聊聊天。日後也常有人就這樣，月光下，以差不多的語氣，差不多的姿勢，差不多的和善態度向我靠攏，聊聊天。可是，絕少是同一個人。

地上有我們兩隻湊不成雙的影子，他直瞧了我好一會兒，也不管我眼光東閃西躲，他自有盤算地問：這是你第一回到這邊來嗎？

我自然不是第一回到這邊來，但以前頂多只敢在音樂台前坐坐，也不敢待得太晚，有時候有人來跟我借柴火、問我現在幾點鐘，多半時候，我就斜靠椅子，拉長身體，雙腳跨上前一張椅背，看月亮看星星看阿勃勒開花一串又一串。公園裡沒有鳳凰木，七月間，沒有火焰一般的激情，但是阿勃勒開起花來，半空中汩汩冒出的一道道湧泉也似，夜和月浸潤下，發著銀光，微風一吹，眼看著一瓣瓣都變成蝴蝶，展翅飛去，在黑暗中漫舞。我坐在那裡，希望有人前來攀談，黑影子靠近時，卻又緊張得寧願不要被打擾。也不是沒想過要到春秋閣前水池附近看看，但是遠方黑壓壓一片，一有這個念頭心便微微發顫。

一回我在這裡遇上一個人，他約我去唱KTV。我不唱歌的，我告訴他。他說，又不是參加五燈獎，你還怕拿不到五個燈嗎？隨便哼哼就可以了。我望著他，嘴巴一時拙得很，只是說，可是，我，不唱歌的。他說，我心情不好，想找個人陪。我還只是望著他。他好耐心地再問，你看我像壞人嗎？我搖搖頭說不。那，你就陪我去吧。

包廂裡，他一手握麥克風，一手握啤酒罐，山盟海誓，咱兩人有咒詛，為怎要你偏偏來變卦，他說，他剛剛去參加了一場婚禮，凝心唔驚酒厚，狠狠一杯飲入喉，尚好醉死嘜擱活，好朋友結婚去了，我無醉我無醉無醉，請你唔免同情我，酒若入喉……他，張口卻無聲，窩進沙發像一朵枯萎了的孤挺花，我囁囁問他：你還好嗎，怎麼了你怎麼了？他抬頭，眼淚抹上手臂，一個大男人像小孩子一樣，清鼻涕掛在了唇上，口涎也管不住了。該怎麼辦呢？想要抱住他緊緊地，可是害怕吶我。兩個陌生人同在一個小空間，很溫暖的。可是害怕吶我。一時間我以為看到了我自己，未來的。日後某一天，我也會有個好朋友結婚去，喜宴後，我再度走進這座熱帶花園，胡亂找一個陌生人，喝酒唱歌，掉眼淚。他的唇卻在我的臉上尋找，一股力氣湧上我送開了他，含糊說聲對不起，拔腿往外跑去，彷彿我的耳膜上還印記著：江蕙依舊在唱我無醉我無醉無醉，男人在叫不要走不要走啊，老闆娘喊著什麼事什麼事，兩扇門在身後碰地一聲開了又闔上。

夜在夜色裡。星在星雲裡。車在車陣裡。人在人潮裡。我在我自己的喘氣聲裡。

從西門町直跑到火車站，我才敢歇一口氣，往陰溝乾嘔卻吐不出什麼。最後一班回學校宿舍的259路公車已經開走，我就在塑膠椅子上枯坐一整夜。

他聽到不知什麼糗事般地歌歌笑，認真看著我，兩隻眼睛在放送著光，逼得我臉頰逐漸發熱。他問：我們回家聊好嗎？我說：這樣也好，你給我電話。他急說：不不不，是回我家聊，我們一起。他指了指我，又指了指他自己。

頰上的熱已經褪去，我摸摸左胸口，一張夜行車票給靠在那裡，我不禁想到：夜車載我回家，家中有老父老母，父母有親友，親友各有一張嘴，嘴巴一張有時是狼有時是虎，狼虎傷我不到，父母卻要代我受罪……不了，我說。他問，你看我像壞人嗎？他故意壞壞笑了一笑。我也只能回他一個笑容，故作神祕不言語，以取代不知如何言語。

聳聳肩他說，看來我真像壞人囉。我無言。他將雙手往欄杆上一壓，縱身跳下，站我面前，他說：那我們去晃晃吧，你第一次在這裡待這樣晚是吧？我帶你到處看看。

遂有了遊園的興致，我是放飛青春鳥中的一隻，而他，究竟是楊教頭或是祭春教教主？不管不管，管不了那樣多。只能確認他不會是壞人——要到很後來才有人點醒我，是個陌生人，連面都沒見過，電話裡老老的聲音警告我，警告我說，善良只是張面具。這裡幾隻落了單的青春鳥，那裡三兩群低聲喊噈的，還有一隊浮滑少年，霸著九重葛搭起的棚架，說著鬧著追逐嬉戲，很不知憂地。

後來，他指指總統府方向，以權威或者教示的語氣說，總統府前那條大馬路，以前叫作介壽路，不久前才剛改名凱達格蘭大道，因為傳說，凱達格蘭人狩獵和游牧的大佳臘洋，就在斯地。

他說，凱達格蘭人沒有時計，看見太陽升起，知道新的一天已經開始，目睹日頭西斜，明白今天即將結束。凱達格蘭人男女分工：草花開遍野地，便是植種的季節，女人們出門，執鏟挖土埋下穀實，待農作抽花結穗，籽實飽滿，拔穗以手，吃用有餘，則存儲於自製的陶罐。男人狩獵，於大佳臘洋，獵人頭戴雉或是梟的羽毛，頸掛獠牙與扇貝編成的垂飾，腰間覆以獸的皮毛，手上有弓，箭筒佩在腰上，手臂肌肉蛩起，胸部如盾腹部有纍纍起伏，目光如炬一般尋找，遇鹿走過，則張弓射箭，無鹿，小白兔也很好；獵人出發前先占卜吉凶，狩獵時若遇獸橫行鳥橫過，即知大凶，整隊返家……

他一會兒是獵人的神氣神態，一會兒是鹿的驕傲，馬上又偽裝成小白兔好可憐，我笑得有些放縱了。他回復正經，告訴我，我們都是獵人的後裔。獵人的後裔是夜行性動物，當月亮升起，隱隱然便有一股騷動，準備出獵去。動身前不必偵探吉凶，但在鏡前端詳整肅一番，有時候嗟嘆時間公平得過分，青春只是質借，限期要還，或是懊惱日昨不該熬夜，臉頰有痘將冒未冒，而一雙眼袋如兩枚下墜球。獵人的後裔也重視鍛鍊，在紫外線加工室曬出一身古銅——兩臂留下小底褲痕跡，游泳池裡揮發過多的卡路里，不同部位肌肉群送進各有職司的機器裡雕塑，雕塑有成的，常穿貼身衣物，典型是短髮上膠如頭頂刺蝟，白色T恤裹不住肌群賁張。

彼時，他一邊講，我一邊在身旁行過的影子上找印證，所能夠意會的，也就是這一些，要經過好多年以後，經過好多事以後，我才突然有另一層體會：獵人現身，不都以獵人的姿態，常常卻是獵物的形象，事實上，是最驍勇的獵人同時是眾所追逐的獵物，如一匹昂首闊步最尊貴的鹿，在園子裡繞著圈圈轉，只有一隻死忠的影子追隨，或是好讓人疼愛的小白兔，守株待獵；獵人的誘餌有時是青春，有時是樣貌，有時是談吐，人品，學識，才華，或某種特質，比如善良就是其中一種。

或者是，他那個晚上對我說的：你看起來好單純，單純就像鮮牛奶，賞味期很快就會過去。我為他這新鮮的比喻好單純地笑開了。

廣播聲響起，我看了看錶，二十三時四十五分（後來，我總在相同的時間會抬起左手腕看看錶），先有嘶嘶吡吡的雜音前導如說書的開講前先清清喉嚨，然後是「各位遊客，本園即將關閉，請各位遊客提早離園，離去前不要忘記隨身攜帶的物品」，如是者重複了又一遍。

一時人流分成三股：一股往博物館館前路大門走去，形單影隻地；一股流向衡陽路側門；另一股，每三兩個人一組，興味還很濃地，頗帶著點意猶未盡，邊走邊低聲交換心事，湧向公園路側門，等著綠燈過馬路，要將陣地轉移到台大醫院前常德街上。

他問：你真的不跟我回去嗎？我搖了搖頭。他說：那，太晚了，我要先走了。微笑，留下電話，揮手，bye-bye，轉身。日後，常有人就這樣，月光下，以差不多的語氣，差不多的姿勢，差不多的和善態度，離我而去。他驀地消失，原地留下一棵老茄苳，油亮亮綠葉又肥又密，像一座待昇熱汽球，細細碎碎的光點穿透葉隙，地上星星閃爍，我發現樹瘤纍纍之間，隱約藏著一張臉，好老好老，但在慈善中略帶了促狹的神態，一時我恍然，方才那個人無非是樹的魂魄。

再不走，就趕不上夜車了，正待離去，一隻影子擋在面前，問我：請問現在幾點鐘？我看了看錶面，很快意會到那熱烈的灼燒的眼神，想知道的並不真是現在幾點鐘。而我，該死的，瞳孔聚焦，脖頸的熱逐漸向上延燒。正待告訴他時間時，時間卻在張口瞬間消逸無影跡……那個時候我並不知道，偶然冒出來的這個人，使我在未來的兩年生活裡變成了一隻影子，沒有他當實體，難以單獨存在。

那個時候我當然也並不知道，這一個晚上是日後無數個晚上的縮影，我們在這裡變換著不同的角色，我是他，他是你，你是我，獵人，一匹昂首闊步最尊貴的鹿，或是小白兔。

管理員緩緩推著鐵門，拴上門，鎖上鎖，露天音樂台上方天空繞著圈圈轉的幾隻白鴿子，靜悄悄降落，仔細整理著羽毛，將頭埋到翼下睡去，又成為無爭的馬賽克鑲嵌。時近中秋，月亮也肥成了個胖姑娘，這時候她已經挪移到另一個方向去了，但夜燈還是將白色羽翼照射得粼粼閃動。

大規模的盛開

也曾想像住處廣栽花草，平日裡偽裝成沉默的綠色寵物，花季一到，一株株次第盛開，我既是最辛勞、卑微的長工，同時飽享被撒嬌、邀寵的老爺子虛榮；甚至，為了讓它不僅止於幻想，我的想像萎縮又萎縮，至可以立馬實踐的起居室外一溜露台。

當然，我來到花市，以一種難以言說的敏感，類如擦肩而過看似一見鍾情其實已然交換眼中熱量、腹語術對話過，帶回野牡丹、蒜香藤、薰衣草和銀葉菊，公車上，擁擠人群自動讓出一個空間，投注艷羨目光，卻小心不碰傷這些芳華絕代的嬌客，那是一個高潮在她們的生命履歷裡。然而，逐漸走下坡，終於在連綿梅雨後，一個烈日當空的日子，她們低頭默默，蔫萎，以無可挽回的頹勢奔抵生命的盡頭。

收拾起廣栽植物的幻想，我更常上花市了。

建國花市。

偶爾攜回小盆栽權充禮物，多半時候空手而歸，但並不覺得一無所穫。朋友問，你又不買花不種花，幹嘛老往花市跑？我說，就當那些店家幫我養花蒔草，假日裡我來探看。通常我的冶遊路線，自建國南路、仁愛路相交的入口起步，直逛到信義路，越馬路，在大安森林公園好一陣子盤桓，天色漸漸昏暝，也感覺肚餓了，遂往永康街商圈踅去，飯罷，若有餘裕，可以前往公館一帶，否則打道回家，很覺得這一天飽足而充實。

奇怪，怎麼不膩？朋友又問。

怎麼會膩！植物之於我，已經幻化成一個符號，前往愉悅、諧和、天人合一等正面能量的通關密碼。愛貓愛狗人士看見貓狗，哪怕邋遢、其貌不敢恭維，也會本能地雀躍、愛憐，直呼卡哇伊。我是一看見綠色植物，哪怕一把擬真的塑料花，也能夠如超人躲進電話亭立即換裝一般置身芬多精的異想世界。因此，身在花市，儘管人馬雜遝，儘管人群之中每每讓我喘不過氣來，身在花市我總能輕易忽視掉遊客，穿越重重障礙，發現一枝鐵砲百合張嘴見喉嚷嚷著心聲，而虎耳草靜靜諦聽，羊蹄甲慢慢走，雞冠花昂首闊步，豬籠草在好有耐心等候著獵物誤蹈陷阱……她們也唱歌，當然：

（曼陀羅：A）愛人是植物性的／每個假日／我跟著他的花粉飄散、降落／混入草木的遊行（夾竹桃：B）把一整座山谷的陽光／傾入對方的水罐中／將此肉身命名為幸福／任意臣服於一片不知名的新葉（曼陀羅：repeat A）愛人是植物性的／每個假日／我跟著他的花粉飄散、降落／混入草木的遊行（夾竹桃：C）我也願意是植物性的／每個假日跟他藤蔓互纏／一起埋下種籽／為了隨時會來臨的／大規模的盛開（百花合唱）為了隨時會來臨的／大規模的盛開／我也願意是植物性的／每個假日跟他藤蔓互纏／一起埋下種籽

或者也不必然是形而上的，有時只為了向朋友炫耀自己多識草木之名：這是洋繡球，長在酸性土壤開藍色花，若土壤呈鹼性，則花朵偏粉紅色；別看仙客來打扮得漂漂亮亮一副歡迎光臨的模樣，其實她的塊莖含有毒植物鹼，不小心吃了會引起頭昏嘔吐腹瀉；據說阿波羅在擲鐵餅比賽中誤殺美少年雅辛托斯，雅辛托斯的血灑在地上，開出了風信子……我自得其樂，一路上收錄音機般放送，也不管朋友喜不喜歡聽，或聽過幾回了。

卻有一回，我站在一株蘭花前猶豫半晌，這是——話頭已經啟航，來不及拋錨收束，遂囫圇下了結論。誰知這時身旁一個歐巴桑，逛花市像逛菜市場，她好不客氣地指正，你沒看到花瓣上血紅色斑點濃密，也該注意到她的脣瓣和其他萬

代蘭不同。她像老師拿紅筆改作業，將答案訂正為花邊萬代蘭。我吐吐舌頭，滿頭滿臉熱哄哄，朋友趁勢笑鬧我，哈哈哈，騙我不懂花，誰知你之前說得對或不對。

朋友和我將陶盆瓦盆一一收拾，堆疊，裝進塑膠袋，露台回復了空蕩蕩。視野不遠處一棟日式宿舍四圍的綠意照眼而來；而眼前，大樓壁面瓷磚縫裡露出一點嫩綠，依那包覆如蛹的嬌憨，我研判是腎蕨新芽——

（我、朋友、百花合唱）啊但願有朝一日縮小慾望／坐在美麗的盆栽下乘涼／那些無意間丟失的花兒／原來都躲在這裡。

註：本文標楷體詩作，取材自鯨向海〈假日花市〉。

有鬼

一進入十二月，我們，便都帶著逐漸發酵的心情，鬼們等待七月鬼門開一般，等待這個晚上的到來。在這個晚上，人們，如軟木塞突然爆開，碰！地一聲，香檳泡沫急不可待湧流而出，人們離開自己的窠巢，集聚到一個個可以讓自己的呼聲喊聲叫聲笑聲，得到旁人不計代價聲援的地方；在這個晚上，人們計算著燭光、花朵、卡片、大餐、吻、愛撫與插入，所能誘發浪漫的刻度，用以為挽留離去的眼神，或催化情愛的芽眼。

我們，愛情的芽眼剛剛冒出頭，甫落地嬰幼身上還留著母體的抗體一般，抵禦情愛裡種種過敏原。那時候，經濟尚未泡沫化，景氣指標還高掛在藍綠燈之間，中小企業沒有一家家倒閉，失業率從來也上不了媒體版面。那時候，十二月一到，一棵棵競爭高度和華麗的聖誕樹，便在城市一個個角落豎起，每在夜裡，一閃、一閃，亮晶晶。

我們，我和伊，帶著立可拍，一棵棵聖誕樹尋去，遠企、敦南誠品，聖誕樹一棵棵尋去，中國信託、中興百貨，尋去聖誕樹一棵棵。站樹下，央求一個面貌和善的路人（他才不會露出訕笑或狐疑的表情），咖！一聲按下快門，鎂光燈一閃，作鬼臉吐舌頭一個樣兒感光相紙緩緩吐出，冷風中甩一甩，親暱兩個人，如水鬼自黯不見底的寒潭慢慢浮凸而出，總是同時笑得那樣無慮，（偽裝成一對兄弟）比肩緊緊靠在一起。泛著紅光眼珠子可以再往深處望進去，底部端坐著一個對方，我們相信。

聖誕樹下拍一張快照，只是暖身，我們，我和伊，有更浪漫的企圖，我們決定洗溫泉去。

平安夜裡，擠身在日常荒涼如鬼域的山路上，準備洗溫泉去。兩條車陣如蟻走的路線僵持於山路，其中一隊，車尾巴頂著車頭下坡；另一隊，我們雜在其間，車頭銜著車尾巴，慢緩如龜，逆著城市燈火更往深山裡去。車裡，響著，很輕地，怕吵醒了伊（伊斜倚往駕駛座，借我的一副肩膀安眠），很輕地響著整座城市同一個節奏的R&B，周杰倫在囫圇吞吐著歌詞：再也沒有純白的靈魂，自人類墮落為半獸人，我開始使用第一人稱，記錄眼前所有的發生——

你看（我拍拍你的頸項，那裡有光線孵出薄薄金色毫毛），前路怎麼會有一條如椽巨蛇橫在那裡？牠嘶嘶吐著舌信，七吋以上立起，眼如可以收攝魂靈的水晶球，牠左擺牠右晃牠直往我們進逼而來（你怕嗎？），牠猛一躍趴到前窗，腹鱗在玻璃上盤旋，響音沙沙使我們寧願自己早已失聰（你怕嗎？），牠口大開炫耀兩隻利牙，口涎收束不住直望下滴淌（你怕嗎？快，快闔上你的眼）；

鱗片逐漸變光滑，生出琥珀色細密短毛，上有黑色斑紋，利牙倒豎成一雙耳朵，臉拉長，鬍髭長出，四條腿，有尾巴，身如弓，跨馬步，牙如匕首，爪如利刃，牠，往前一撲（躲進我懷裡吧，那裡有我為你預備一個小宇宙，有花香和甜蜜，巴哈為你演奏大鍵琴協奏曲），牠往前一撲，嘴巴大張露出森森堅冰般利牙，「虎」地一聲，牠往前一撲，玻璃窗上一個巨響（你怕嗎？我怕，我也怕，可是我不能怕，我不怕你也不要怕，那些在我們眼前虛張聲勢的，只要我們心裡不怕，便都只是空中塵灰上的投影，大衛魔術移山倒海的一個把戲），牠往前一撲，爪子攀抓不住，癱成一片軟肉，便往下掉落；

虎的斑紋逐漸褪去，你看，快張眼看，現出一片天堂的白色，眼珠子轉成翡翠綠，額上冒出錐角，牠達達踩著腳步，在窗前徘徊。我搖下車窗，讓牠探頭進來，牠卻霎地眼中冒出一團綠火莫非起了一時的歹念；我身體往內緊縮，難道這隻獨角獸也是蛇和虎的同一夥，都是僵道德與死倫理的代言獸？還好，還好，綠火只有一閃，隨即熄滅，牠的眼中復現出了友善，我的手背牠舔舔，你的額頭牠舔舔，給了祝福，給了護身符；

當此時，天空中大概在馬槽大橋的方向，開出第一朵花火，很近，幾乎逼到眼睫毛前一般，上一朵熄滅同時，下一朵開出，車陣裡有人將車燈熄去，把燦爛讓給天空，第二輛，第三輛，很快地，所有車燈都熄滅，引擎蓋上一會兒亮著紅色一會兒黃色一會兒綠色藍色金色紫色。不只有花火，音樂自遠處傳來，前導一個騎單輪車男人從山坡上現身，他手上還在交替丟著火把玩；接著就是一個隊伍了，大象前導，背上坐一名馴獸師，他揮動長鞭當作指令，獅子滾著鐵球前進，猴子在盪鞦韆，超過一百八十度的大旋轉，每一次都引起遊客的驚呼；

現在，遊客，包括我和伊，都下了車子，站到山路上了；

我拉著伊，直奔旋轉木馬。如果有所謂的幸福要件，旋轉木馬在前，星空在後，仙女棒在下，花火在上，音樂遠颺直達天聽，我和我的伊在人間，便是長久以來我所構織的一個童話般的場景。我曾在愛丁堡古堡下西王子公園、巴黎鐵塔前塞納河畔，看著那一上一下一圈轉過一圈的旋轉木馬，躍躍欲試而終究放棄，因為，身邊少了一個伊。現在，伊就在我懷裡，我們緊靠，交換體溫，寄生樹一般，我寄生於伊伊寄生於我；

冷不防地，伊轉頭在我頰上啄了一下。伊有話要說。噓，不要說出口，我知你將說些什麼，那也是我想對你說的，但是不要說出口，不要讓它如幼雛給善欺生的獸啣了去，不要讓它成為人們指控的呈堂言證。

……

抵達馬槽花藝村時，夜已過了大半，我喚醒伊，問伊，方才你看到蛇和虎時害怕嗎？看到獨角獸和馬戲團時開心嗎？伊一臉不解：「什麼蛇啊虎啊獨角獸馬戲團的？覺是我在睡，夢是你在作。」

……

這夜色如夢，天空在密密下著微雨，而月亮仍然高掛，敷了一層金箔似的，好像宮崎駿《神隱少女》中的湯屋，吃燒酒雞的，玩撲克牌的，追逐嬉戲的，狎妓調笑的，一副太平盛世。我和伊專務來洗溫泉的，又是許多時間經過，才等到個人浴室。門下了栓，這裡便是伊甸園，諸神請迴避，鬼也不要進來。

我們的伊甸園裡，漂浮一股難以形容的氣味，硫磺的微臭，木頭的暗香，經久受潮的輕霉，還有，洗髮精和肥皂積鬱的軟軟的一股難以形容的氣味漂浮，當蒸汽揚起，很輕易便營造了一個淫靡的氛圍，隔壁浴室有壓得扁扁的男女歡笑自木頭縫中傳來。我們，立在對方面前，出手為對方褪去衣物，此一層是枷，彼一層是鎖，枷鎖退位，彼此都感到莫大的自由。立在我眼前的你的裸體，是我夜夜都要面對的，然而此時，更顯得如此飽滿，如此無懼，如此地想要欺侮。立在你眼前的我的裸體，是你夜夜都要面對的，然而此時，你細細檢索好像一切都是第一次，用你的手指你的皮膚你的唇和舌，用你的器官。而我，回報你，比花瓣更溫柔，比餓獸更狂暴。

我所迷戀於你的，這肉體究竟占了多少？你所迷戀於我的，這肉體又究竟占多少？

時間經過，因為有鐘，足音遂成為滴滴答答。滴滴答答，滴滴答答，時間經過，推門出了浴室，才發現天已大亮，昨夜的局，如鬼聞雞鳴，昨夜的局已經散去，曾經人聲鼎沸，如今荒涼好像墳場。

天起大霧，精液般的濃，視線僅在幾步之內，遠光燈也衝不破，車子慢緩緩地開，一個三岔，終於迷走了方向，似乎往金山昨夜馬戲團來自的所在（不只是我的夢吧？），但不能確定，我不無著急，卻只能繼續往前。伊沉沉進入睡鄉，沒人和我打商量。我不無著急，卻只能繼續往前。油表逐漸探底。我不無著急，卻只能繼續往前。轉來迷障轉去迷障轉不出迷障，難道鬼打牆？

終於辨識了方位時，是在辛亥隧道前，那裡有一山坡的墳在我左手邊，草木含翠，一座座墳都活了起來。他醒轉過來，好怔忪，好無辜，好滿足，好像迷路只是為了延長我們相聚的時間。伊瞇瞇睡眼對我笑了一笑，我也笑了。我們一起笑了，現在想來，都覺得那笑們，根本就是幸福的標本。

空號

冰箱的角落裡擺著一隻手捏陶碗，碗中盛著一把咖啡糖，苦咖啡色包裝紙上密密麻麻是我不懂的楔形文字，唯有橫躺著一行阿拉伯數字我知道是保存期限。

伊鬧肚子餓，屋裡搜索了一回，把僅有可食的咖啡糖拿出一顆來，我想阻止，吃一顆就少一顆呀，伊自顧自地在窸窸窣窣撕塑料紙，終於我還是把話吞下；伊說味道怎麼怪怪的。我說當然怪啊，擺了八年還是九年了，不怪才怪。伊心不在焉，什麼東西這樣寶貝啊，捨不得扔？

扔？我作勢把他扛到肩上，要往窗外拋，他哀哀求饒，又笑得喘不過氣來。你不是要我扔？

這些年幾度搬家，連衣服書籍都能丟下了，這把咖啡糖卻沒想過不隨身帶著。

那是一九九六年冬天，我在「公司」遇見了他。

那晚好冷，呼出的氣體在稀薄路燈下化成一團團白煙倏即消散，他卻穿著一條短褲，兩條腿在不聽話地打著顫，他的一雙細細的眼睛與我對望，朋友鼓動我上前攀談，好猶豫，但還是踅到了他身邊，問，你不冷嗎？他回說好冷啊你們台灣。

我意識到他不是本地人，他試著簡單交代，破碎的中文卻使得他的身世也顯得破碎：祖父一輩從金門移民印尼，他的父親在成年後曾試圖回到金門，終究與他想像中的家鄉落差懸殊，再度回印尼，結婚，生下了我眼前的他；他來台灣是為了學中文，我好不要臉地說，學中文啊，找我就好了。他嘻嘻傻笑，說自己上課會打瞌睡，唱歌學中文最有效。

他白天上課，課餘在博愛路巷子裡的旅館打工，下班都在午夜，我們的約會便從午夜開始；那年冬天很冷，我圍著一條圍巾帶著另一條，騎摩托車到他住宿的巷口等他，幫他將圍巾繫上，四處晃蕩去。

嘰嘰喳喳地他好愛說話，一會兒在我的右耳邊一會兒又在左耳，我左左右右地偏著腦袋去捕捉他瞬間便散逸在風中的聲音，有時假裝聽不清楚，啊什麼啊你說什麼再說一遍，他越湊越近，終於來到我的勢力範圍，我瞬地轉過頭去，在他臉頰上輕輕一啄，好得意。他大叫不行不行，這在我們國家會被抓的。

印尼排華，又是戒律森嚴的回教國家，他是邊陲的邊陲，雙重的流離；難怪他小心保護自己，連宿舍和打工所在都沒主動告訴我，而我，就只是等著。

多半時候我們不知要往哪裡去。我們到Funky跳舞吧，他想了想，搖搖頭；那我們上陽明山看夜景，他又想了想，又搖搖頭；那你想去哪裡呢？他囁囁嚅嚅語氣好委屈：我不知道。於是我們穿戴著夜色，一條街騎過一條街，看著燈火黯了下去又有幾盞亮了起來。

我們的關係也像這樣，我們進一步交往吧，我說；他嗯嗯地想著，可是，可是我就要回印尼去了；我說，不要去管未來了，就是現在，要不，我們退一步，否則我很痛苦。他也不願意。他在後座緊緊抱著我，取暖一般，我車子騎得飛快，沉沒在沉默裡，他唱起歌來了，攤開你的掌心／讓我看看你／玄之又玄的祕密／看看裡面是不是真的有我有你，就這樣我們不進不退，徘徊在冷冷的冬天的台北街頭，徘徊在掌心裡的感情線與理智線之間，進退都有說不的理由。

春節過後他就要回印尼了。

放年假前我斷然把工作給辭了，因為一些不愉快，同時將家用電話換了號碼，卻在同時間，他也搬離了宿舍，我打電話過去，一個尖銳的女高音重複說著，你撥的是空號，請查明後再撥，你撥的是──同在一座城市裡，我們竟就這樣斷了聯絡，這是一個九點半檔俗濫至極的橋段，卻把我抓去當了主角。

我提前返回台北，每晚到「公司」，就站在初識的茄苳樹下，等他；我相信他也在尋找著我，如果他在尋找我，他應該也懂得到我們初識的地方等我，然而沒有，公司關門後我轉移陣地到黑街，看著黑夜睡去白天醒來，冷冷的風一整個晚上東奔西竄。

我打電話到印尼駐台辦事處、印尼觀光局等機構，又到北部幾所設有語言中心的學校詢問，他們查不到學生資料，但答應將我的尋人啟事交給印尼學生組織，回音很快到來，都說沒有，沒有你要找的人很抱歉喔，也到博愛路去一家旅館問過一家旅館，或是還不太熟練地上網登錄找人，沒有，沒有，沒有，一個曾經在我耳邊講話唱歌伊伊牙牙說著我捉弄他的「楊麗花發明非揮發性化學花卉肥料」的人，竟就像我虛構的人物，Shift壓住後用滑鼠圈出一個反白區，Delete按下，從此消失。

在他預計回印尼當天，我還是去送了他，隔著玻璃窗，我望著一架架飛機逐漸駛離視線。他就在某一個機艙裡。

從此我留心印尼的消息，好像我在一個個統計數字裡也可以分辨出他所占有的那個獨特位置，並用想像使他充滿精神。

然而這幾年來出現於報端的，多半是災難新聞，九七年霾害，九八年年中大規模排華、年底兩場空難，〇一年峇里島爆炸，〇四年地震加上海嘯肆虐，少則數百多則數十上百萬人傷亡，好神經質地我檢閱著一張又一張圖片上的人物。你現在三十初渡了，鼻子尖尖眼睛細細和薄薄的嘴唇這些都不會改變；但你變胖了嗎？一定是的，唇上蓄短髭了沒？那是你所以為的性感符碼，像克拉克・蓋博；你仍戴著我送你的那個白金手環嗎？一如我仍保留著你放在我家的咖啡糖；你在找我嗎？你知道我在找你嗎？如果你知道我在找你，為什麼你不來找我？喔，一定是，一定是你沒有我的聯絡方式了，我這就給你，我的e-mail是——我的手機是——現在我們都用手機了，我的地址是——

伊聽著聽著，唰地一下眼眶便濕潤了，我抱抱他，伊瞬間咧嘴大笑，你被騙了，可惡，你心裡原來有別人，改天趁你不在，我代你丟了這些糖果。你敢，我捏捏伊的臉頰，你啊愛哭鬼小心眼。可不是嗎，一個假日清晨伊生悶氣，我問了半天伊才說，昨晚你怎麼背著我睡，以前都是面對面的。

伊不懷好意地說，那是陰謀，一定是陰謀，不這樣你不可能記他這樣久；伊又認真問我，以後你會不會也像記住他一樣記住我？我摩摩他的腦袋瓜，說一聲傻蛋。

咖啡糖有保存期限，傻蛋，我真的不知道記憶有沒有，也許它像傳真紙一樣，慢慢地也將褪去了顏色。走吧，傻蛋，我們吃飯去吧，我聽到你的肚子餓得咕咕叫了。

經過了他

回老家過年。

過年是除舊布新、展望未來，老家卻四界都是我的過往，青春的標本與，殘骸。

好有興致地我瀏覽著兩冊厚厚的日記，複習或更像是偷窺一個少年的心事點滴，默想過去之我走過如何的軌跡而成為現在的我。突兀地，一張資料卡從日記本裡掉落，上頭載記了十多組通訊資料，我試著反覆叫出每一個名字，要把他們召喚到眼前，卻有幾個如氣味散逸於風中了；但有一個，身影依然清晰，我聚焦於它，好像小時候惡作劇，大太陽底下拿放大鏡對準緩行的螞蟻，終於輕煙一股飄出，螞蟻蜷縮，成一點焦炭。

這個人，我以為已被我封殺於生活之外，以後無退路的方式斷然銷毀任何可以讓我找到他的線索，沒想到日記本裡卻還遺有一組電話和永康街的地址，雖則，我知道他早已經搬離了那裡。

小心將資料卡以本來的姿勢重新夾進日記本，片刻後又抽了出來，凝視；我拿起手機，撥出電話，嘟——嘟——鈴聲在午夜裡格外聽得清晰，我一聲一聲計數，三。四。五。嘟——嘟——

●

那不是我第一回到「公司」，卻是首次敢向春秋閣一帶靠近，我一蹬，坐上蓮花池畔的水泥欄杆，好忐忑，不知如何與來來往往探詢的目光交換熱量。看看月亮，月亮無語。看看大王椰子，大王椰子在風中招搖。看看遠處近處叢樹裡有人影子在穿過來越過去。

我剛從一場長輩安排的相親晚餐中脫身而出，正打算找間小旅館住一夜，隔天再返家，途經「公司」，一時興起，遂落車，踅了進來。

後來，他走近我，和其他人來回踱步猶豫遲疑而終於作罷不相同地，他好直率問我，為什麼不喜歡剛剛那個人？我為難看著他，甚至聽不懂這個提問，思慮稍一盤桓後才理解到：雖只是沒有回應，但在這裡，代表的其實就是拒絕。他不失謹慎地主動找話題漫談，年紀看起來並不比我大太多，但是老練、世故、沉穩，而且和善。

我們沿著蓮花池緩步，走了一圈，又走一圈，我們要繼續這樣走下去嗎？他以好平常的語氣問我，你敢不敢到我家?·不像是挑釁，倒像是大男孩的惡作劇。

九月三日，一九九五年，那天。

九三軍人節。他是名職業軍人。

翌日早晨，他送我搭車去，就在他家巷子口，永康街口信義路上，和昨夜的健談不相同地，缺少了夜色掩護，我們相對，好陌生，市聲是一條大河將兩人阻隔開，直至249路公車如渡船遠遠駛來，他才從口袋掏出一張紙片，壓到我的掌心裡，記得給我電話，或寫信給我。我點頭說好。車子靠站，他拍拍我的肩膀，是兩個男人之間的義氣，但多了一分情意；記得跟我聯絡！他又叮嚀一遍，有點落寞，好像說了再見，就不會再相見了，這樣的感受是我當時所不能夠理解的。

車窗外，他逐漸遠離視線，我回過頭去張望，急切得好像看最後一眼，終至於他完全消失，但是他的形象卻不斷壯大，壯大，不斷地，很快充滿了我霸占了我；回程火車上，雖因一夜沒有成眠而疲憊不堪，我仍始終無法入睡，腦子裡有一座活火山在沸騰，我反覆重建昨夜場景，備份檔案就怕電腦當機或中毒。

我知道我必須為昨夜發生的事找到定義，方能夠歸檔，暫時放下。

很快地我找到了它的意義，通過了它經過了他，我才是一個完整的人。

一個星期後，你再度北上，見到伊，才落實了七天的熱烈想念，確認那不是一場虛擬的遊戲、無性繁殖的自我增生；伊讓你到辦公室找伊，職場的人際網絡無疑地對圈裡人來說，是最私密不願輕易向同路人揭露的，而一個勤勉於專業的形象則輕易擄獲了你，伊既表達了對你的信任，也表現了自身的魅力。

剛巧碰上中秋節，伊說，讓我下廚露一手給你瞧瞧吧！好得意。我幫得上什麼忙嗎？你在僅容一人旋身的小廚房裡，好心虛地東摸摸西碰碰，倒是越幫越忙了，伊摩摩你的頭親親你的頰，把你送出廚房去，去去去你看電視去，待會兒你就派得上用場了。

你坐在以潔癖收拾成的客廳裡，望向廚房，看伊洗洗切切，好熟練；偶爾伊回過頭來，四目相交，你不習慣表現深情，遂向伊作個鬼臉，兩人哈哈哈；許多時間過去，伊捧了個托盤走來，棕色炸香菇、麥色琵琶蝦、翠色杏菜湯、油光水滑乾拌麵，如果食物也分美醜，它們便都是走台步的模特兒；伊說，現在輪到你忙了，你的任務就是，把菜吃光光。

飯後，兩人走在小巷，月亮圓在天邊，石榴花在牆後探頭探腦，徐徐吹來的是清風，市聲被擋在天外；走進大安森林公園，緩坡上坐下，月亮圓在天邊，黃槐怒放一串串，徐徐吹來的是清風，市聲闖不進你們的心間。

好擔憂地突然伊問，我年紀大你好多，等你長大，我就老了。你毫不遲疑對伊說，我們一起老啊。伊握住你的手，十指交纏，緊緊地。

草地上有人燃放花火，咻——你們同時仰頭，同時發出了好大的一聲，哇！

宛如花火，你們的戀情一樣好低的燃點（低到太陽底下用放大鏡聚焦就能夠點燃嗎？），一樣的美麗也一樣的，短暫。

事情發生在閏八月，鄭浪平關於台海兩岸全面攤牌的預言沒有成真，但是你和他，毫無預警地，卻走進死巷裡；那日，原本打算逛花市，這下子去不成了，兩人坐在客廳裡，面對面，無語，默默，好些時候他才開口，用問句的形式而其實是決定，溫和但沒有退路：你要不要先回家去？你低首，無意識地以指掌摩挲著另一隻指掌；胸口一酸，臟腑一時化為味蕾，在感受著酸承受著酸，有一股什麼衝上來，你躲進洗手間裡頭去，水龍頭開到最大，花花花地響，你嚎啕，水龍頭花花花地響。

後來，淚水也沒了，聲音也沒了，只剩下乾嚎，抽抽噎噎。

隔著一扇門，你聽見音響開得很大聲，人講這人生海海海海路好行／唔通轉頭望／望著會茫／有人愛著阮／偏偏阮愛的是別人／這情債怎樣計較輸贏，歌聲像風飛沙，這世界的美也籠罩住醜也籠罩住，你的內心逐漸沙漠化，好乾渴，喉頭也是眼眶也是，就著水龍頭你狠狠喝水，自來水一下喉頭淚水湧上眼眶。日後你看到辛曉琪在〈領悟〉的ＭＶ裡抱著馬桶痛哭，朋友很不屑地啐一聲，煽情！你卻明白，一點也不。

短暫的美麗之後夜空驟黯，更顯得寂寥。

接下來的兩年，你像一隻影子一般追尋著他，不斷放大兩人相處的愉快細節，哺餵著你的相思；他已經下了一個決定，而你，以為可以回到他下決定的那一刻之前，改變某些變數，讓結局以你希冀的方式重新鋪演。

這兩年間，他買了屋，你無心升學，他搬了家，你北上工作，兩人也曾在你屢次要求下碰面；他一樣的沉穩而且和善；他對你說，對不起，當時還有另一個人；他把你寫給他的信交還給你，一大綑，你發現有些甚至沒有開封過。

終於，他再一次答應與你碰面了，電話裡他說，明天再跟你約時間地點。翌日，你有掩不住的焦躁，電話鈴聲每回都打亂了手頭上工作的節奏，直等到同事全下了班，你自己一個人坐在辦公桌前，感覺時間是一堵牆向你層層逼近，終於沒有了退路，你撥出電話，嘟——嘟——嘟——接通了，你問，今天，我們——他猶豫著，回你，今晚有《X檔案》，我們約改天吧。

掛下電話。

時間這堵牆緩緩往後退去，不再構成威脅，你用力吞了吞口水，不讓眼淚掉下；到這裡就好了，你喃喃，就到這裡，你把記事本裡他的聯絡方式用立可白塗去，你喃喃，不夠，不要給自己退路，你拿出美工刀，將刀片蜕出，銀閃閃的好鋒利，你把記事本上他的名字電話地址挖掉。

記事本上留下一個空洞。你的心空空洞洞。

離開辦公室，天已大黯，初秋時分仍然燠熱得很，你沿著館前路緩緩走去，經過兩隻銅牛，穿越旋轉門，站到水池邊，那是你們初次見面的地方。

●

他曾經交給我一個信封，信封裡裝著一首短詩，長二細明體印在白色宣紙上，詩末署名，鈐上一枚朱泥小印，好雅致，和我曾去過的他在永康街的小屋風格很像，和他自廚房變出的菜色風格很像，也很像他拒絕我的時候的優雅；這樣講究身段的一個人，在我身上烙下了無法磨滅的一些印記。

如果不是他也會是另一個人，許多年後當我來到他當年的年紀，並如同向車窗外的風景告別一般地我逐漸年長於當年的他，我越來越明白，如果不是他也會是另一個人，在我生命裡扮演這樣一個角色，於那個晚上把我引領了進來，並陪我走過一小段路。

但因為是他，既然是他，也就不會是別人了。

嘟——嘟——電話鈴聲繼續響著，終於接通，喂，聲音粘稠，我啊地一聲好抱歉，把你吵醒了，對不起！伊說什麼事情啊，睡前才剛通過電話的不是。我說沒事沒事，只是要問你，除夕要不要到我家圍爐？伊回我，台北我也有家要團圓。我說，來嘛來嘛，除夕到我家，初二我再陪你回娘家。伊在電話那頭傻傻地笑。傻傻地。真是個小傻蛋。

切斷電話，我小心把資料卡夾進日記本裡，以它原本的姿勢。

夕照

傍晚時分，忙過手邊急迫的工作後，我會到陽台站站，兩肘倚牆上負荷前傾的體重，吹風，打長長的哈欠；眼前所見，都是再熟悉不過的，但每日每日都察覺到細微的變化，這幾年來，我看著台北101在很遠很遠的地方春筍似地自建築群中突圍而出，一天天長高，終於無論晴天雨天，再也不能從我的視野中隱匿而去；我看見捷運在復興北路半空高架道路上，去而復返，彷彿也聽見車廂裡的人聲喧嘩；後來，不遠處起了一棟商業大廈，霸道地把我視線正前方的泰半場景給摒擋在外，每在薄暮，陽光照映玻璃帷幕，散射出白熾光芒，倒像是晨曦了。

多半時候，我的視線落在緊鄰辦公大樓的大院子；辦公室位於五樓，俯瞰，整座院子敞在眼前；那是一個老式集合住宅的公共空間，入口處有警衛室，空蕩蕩的沒有人看守；說準確一點，我也並非對這座院子特別感興趣，吸引我的，是警衛室旁的那棵緬梔；那是一棵很有些年歲的樹，根部硬是將水泥地面頂出一道道裂痕，深褐色樹幹十分粗礪，長到兩三公尺高，枝椏開散，四季裡有三個季節，梭狀闊葉擠滿枝頭，一年裡有半年，蛋白色的花朵向陽盛開，站在高處俯視比起樹下仰望，應該更能領受它的美麗吧，尤其夕陽經帷幕投射，花葉敷上一層金光，華麗而奇詭。

也在傍晚時分，一個個老人聚到院子，那裡有鐵架搭起的L形遮雨棚，晴天蔽日，起風禦寒；大部分老人坐輪椅上，由著膚色較深的年輕女外傭推來，也有幾個，拄著助步器，走幾步停片刻，已經十分羸弱了，但比起那些幾乎癱軟在輪椅上的，狀況好得讓人安慰；涼風微微中，我似乎聽見遲滯的步伐走在窄仄而森冷的長廊上的回響。

離開辦公室時，天已大黯，有時候我上健身房；我曾跟著老師上過幾堂Power Yoga，這可不是一般印象裡的瑜伽，像一朵花緩緩綻放或是露水靜靜讓陽光蒸發那樣動作著，上課時我們彎過來折過去，既要求柔軟度又鍛鍊肌力，暖身還沒做完，老師說，現在你們應該流下第一滴汗水了。還好老師也說，大家量力而為，不要勉強。不過，老師又說，不要以為你們做不到。她示範過一個動作，在教室裡巡視，一個個糾察，往上，再往上一點，腿打直，手要扭到後背……她說，你看你看，你們的身體不知要比你們的年紀老上多少。一聽見「老」。大家就不敢輕易饒過自己了，這個社會並沒有教導我們怎麼面對老；她又說，Power Yoga深度按摩五臟六腑，讓你們回復青春。「青春」一出口，大家更傾全力，青春在當代是個絕對值。

上第一堂課時，他在我左側，順著指令，我們都將身體盡量往右展延，同時左腳向左伸長去。伸長些，老師說，再伸長些。他的左腳便送到了我眼前，腳踝以下裸露，白皙而富有彈性，腳指甲一隻隻都修剪得整齊。我益發勉強自己把動作做標準。

下課後，我們便聊起話來了。

假日裡，我們會到戶外走走，並不走遠；若想離開這座城市，難免需要一番計畫，我們去的，多半是可以馬上作下決定，推開餐具、埋單，立即動身的所在；有一回，我們就搭捷運去了淡水，吃過阿給、魚丸湯和包子，我引導他避開河邊人潮，走僻靜小路到馬偕教堂；我曾在淡水服過一年半兵役，那時候，偶爾地我會坐在教堂面海的樓階上，看夕照。

教堂前庭是一個雅致的小花園，木樨、洋繡球、月橘等各式灌木造形端整，洋溢著知性的愉悅，最讓人喜愛的，則是牆邊的一棵緬梔，這棵緬梔是我所見過最壯觀，可能也最高壽的一棵，雄偉、钁鑠，樹幹敧斜幾乎與牆頭平行，看來危險而更添絕美；是晚夏時候，樹上與地面都星星點點有許多白花，發著濃郁的香氣。緬梔又叫雞蛋花，有人拿花裹上麵衣炸來吃，據說有雞蛋的淡淡清芬，這是多年前我採訪一位退休多時的老教授，他告訴我的。

老教授是陶藝名家，我也是為此專訪他；訪談結束，我問起一院子的深綠和淺綠，他好開心，呵呵笑，興致很高地帶我參觀庭園，似乎園藝更是他衷心所喜愛。那是一座長時間經營而顯出幽深的院子，植物都得到很好的照顧；他摘下一片肉桂葉，揉碎了送到我鼻前，問我，猜猜看在我們常喝的什麼飲料中加入了這種原料？他指著一盆墨竹，向我解釋，你看，不枝不蔓，只有這種竹子才能稱為君子，其他的啊，只能用來做掃帚。我發現沿牆一排小樹都種在盆子裡，他告訴我，宿舍隨時可能被拆，到時候我準備到埔里定居，這些樹木將來是要跟著我「移民」的。

後來我們停步在紅色大門前的一棵緬梔樹下，仰望，它十分高大、壯美，開著不多見的粉紅色花朵，半座院子都在它的庇蔭下，老教授說，這是幾十年前，女兒從夏威夷偷偷帶回的，那時只有一尺不到，現在長成這樣了。日光篩過葉隙，落在老教授臉上，他露出驕傲而頑皮的神情，那通常比較容易在少年的五官看到，好像他逆走時間長廊，夕陽在玻璃帷幕折射出晨曦的光輝。

可以想見，搬家埔里的念頭一旦付諸行動，老教授的囊篋中，必然也有這棵緬梔大樹的一截枝幹，扦插於新的居所，重新從小樹長起；但它若要有母株的亭亭如蓋，則必須靜待數十年光陰經過。小樹雖然清新照眼，畢竟不如老樹滄桑歷盡，富有審美的趣味。對比之下，老人就沒有這樣幸運了。

在我德惠街租賃的隔間如雞舍的大廈裡，一條冗長而逼仄的走廊兩側，是一間間七八坪大小的套房，人在屋裡，屋外動靜略知一二，常常我會聽見——也許是清晨天空剛翻虱目魚肚的銀白、也許是午後慵懶欲睏的時光、也許夜半偶爾消防車急驚風也似地呼嘯駛過——我常常會聽見遲滯的步伐在長廊拖行所引起的回響，啪——啪——慢慢朝我靠近，又逐漸遠離而去，並未消失，一會兒後又靠近，又遠離，如斯重複十數分鐘。

那是一名獨居老人在散步。頭頂是一根根裸露的日光燈管發出青森的光線，兩側深鎖的斑鏽鐵門一道又一道，獨居老人拖著瘦弱而多病痛的身軀在散步，喔，不，是在來來回回地走著。有個傍晚我於長廊向他迎面行去，強光自他身後遠方的窗戶射入，他背光成一團漆黑，光線幾乎將他吞噬而去。

白日即將結束，黑夜緊接著就要來了。

我和他坐於馬偕教堂的樓階上，看著黑夜緊接著白日而來，遠方燈塔以固定頻率閃爍著，看著牆沿的緬梔大樹，被好貼心地以支架撐持住，深感覺到它和老教授的緬梔，以及辦公室隔壁大院子裡的那一棵，都是幸運的樹，畢竟在這個城市，小樹要長成老樹、老樹要繼續老下去，有時候真得憑幾分運氣。每棵老樹都有自己的命運。老人也是。

天天鍛鍊

下了班如果沒有約會，簡單用過晚餐、稍事休息後，我上健身房去。教室裡總有人在打Combat，在做Power Yoga，在踩飛輪，男男女女一群人隨著老師忽而擊拳忽而踢腿忽而加速忽而放緩彎過來折過去。老師的號令，昂揚時簡直是怒吼，激發出獸性和鬥志，挺進、突刺，溫柔時卻宛如蓓蕾緩緩綻放光滑而潤澤的花瓣，花瓣上有細密絨毛微微抖顫。空氣中充滿汗水味，濃濃的，低低的喘息則由空調伴奏。

我並不加入他們，沖過澡後，一個人做重量訓練。

剛加入健身房時，教練問我，想訓練哪些部位？我訥訥沒有什麼主意，望著逼在眼前教練的巨大身影，心想，會不會有一天我纖細敏感如緊繃的弦的靈魂，會不會有一天住進這碩壯的軀殼？好陌生又，好期待。很快地我知道這並不容易，那些肌塊賁張讓人好似飽餐以感官饗宴的健身有成者，在某方面行的，其實是強迫症者的自我要求，於控制飲食、規律訓練。而我，以自己才覺察得到的細微變化而沾沾自喜，並激勵自己更勤於跑健身房：

暖身讓軀體進入備戰狀態後，頸部底體表所有部位都找得到相應的訓練器材，斜臥式推舉法凝聚胸大肌，EZ-bar雕塑雙頭肌，坐姿拉繩索強化背肌……甚至強軀罩門的隱喻：阿奇里斯腱，也有方法補強——單手扶住柱子，腳尖併攏，腳跟往上浮起，放下但不著地，再浮起、再放下，再浮起。一輪器材做下來，一時真錯以為自己給送上了泰勒化自動生產線，拋光，組裝，出貨。

鎮日在大地勞作，造就出一身強筋健骨的父親知曉了，說：嘖嘖，這世界真古怪。

朋友慫恿下，我也上過Body Combat——拳擊有氧，融混武術和拳擊，配合節奏、口號，出拳踢腿，踢腿出拳，殺！殺！殺！這是健身房裡最受歡迎的課程，上一堂課還在進行，課室外便有蠢蠢欲動一群又一群人，柙前鬥牛欲試躍躍。課程一結束，場地還未清空，轉瞬間學員各自占了位子，準時報到的準沒有立錐之地。我又緊張，又給這踴躍的氛圍帶動得有點興奮，前後左右幾名朋友將我團團圍住，這樣，不管哪個方向的動作我都可有樣學樣。

教練在舞台示範，我跟著出拳，跟著出腿，跟著出聲音嘿嘿嘶喊；教練走下舞台，我好賣力吼著叫著動作著；教練欺到我身前，他蓄積了一股力道，喉嚨張大幾乎將我吞下：沒吃飯啊！

五十分鐘下來，像走避不及夕曝雨，澆得一身濕淋淋，個個臉色酡紅，胸腹一高一低吐著氣。此時我只想大字形癱在地板，他們卻還在相互討教、議論教練當天的表現，及其他，熱烈，飽足，愉快。常常我想像，未來上班族回家後脫去衣衫鞋襪，露出小腿外側一排插座，插頭一接上，電燈電腦電磁爐冷氣風扇收音機，開始運作，所利用的其實是白日裡蓄積於體內的壓力轉化為電力。在我看來，這些打起Combat一副視死如歸的夥伴們，也是將壓力機轉為能量，當壓力清空，翌日一早才能輕盈著步伐準備辦公。

因著某些難以量化的解碼過程，比如眼神對望交換的熱量，雙腿交錯擺動的幅度，言談時尾音的頻率，等等，我確認了這些男人裡頭，十有七八都是同道中人。那名有點戽斗在區公所當課長的輕熟男Allen笑起來憨憨的，誰知道一卸下衣物，一身肌肉賁張泛著騰騰殺氣；那名為了矯正有點娘的步伐而刻意微微外八字走路的雜誌社美編阿文，下了水以彷彿即將淹溺的怪姿勢運送身體，游得比誰都久都遠；或是那名一臉Baby Fat挺古錐的便利商店店長小軒，花了大半時間在到處與人寒暄、饒舌，每句話都奉送一疊聲呵呵作結；還有很多的銀行行員，更多的服飾店店員，VincentPeterAlex，阿飛阿達阿志，小島小樹小狼犬，他是他是他也是，連那名吼我「沒吃飯啊」的man貨也不例外。

打完拳，沖過澡，更衣室裡一個個在鏡前站定，順順眼角細紋，掐掐腰間溢出骨架的不知是肌肉還是五花肉，扭麻花辮也似回頭檢查鏡中自己的背部，陽光或日曬機在臀部紋出小泳褲性感痕跡。眼神是那樣的無限珍惜，那樣充滿愛意，挑剔也是有的，驕傲也是有的，一隻隻孔雀一般。

有著美麗長尾羽的雄孔雀，怎麼捨得不展屏？

雄孔雀的華麗長尾羽，達爾文說，凝視它們時每每讓他感到一陣噁心。讓達爾文噁心的，想必不是那一顆顆發出珠玉光彩的「眼睛」彷彿正在催化亞馬遜河流域熱帶雨林核心某神祕部族的惡毒蠱術，而是，它們挑戰了達爾文提出的「天擇」觀念。長尾羽耗費大量自體資源，長尾羽對覓食毫無幫助，長尾羽非但沒有戰鬥力，長尾羽甚至是逃生的累贅，然而雄孔雀每年舊衫落盡，還是會再穿上一扇長長的尾巴。

上健身房的，其實很多並不運動。某種層面上，它像農業社會的柑仔店。早些年，父親一日勞動後，總要到柑仔店開講，花生米、蘿蔔乾、米酒頭，一盞暈黃燈泡下交換情報或閒嗑牙；父親講話大剌剌，「生目啁欲做啥（長眼睛做什麼）？」他說：「著是欲看水查某囡仔（就是要看漂亮女孩）。」逗得幾名大男人猛點頭。我上的這家健身房，以大面積配備淋浴間冷熱水池蒸氣室烤箱，我常在烤箱的淡淡木質氣味中，看著汗水逐漸被逼出膚表，凝結、匯聚，在身體上找尋渠道，好像一身的髒污，哪怕是最深層的，也隨汗水排出。烤箱中的話題很少是女人，多半政治，高溫中電視頻道鎖定新聞節目，你一言我一語，第三者隨時插話。這些裸體政論家沒有約定但常聚在一起，講話熟絡，但看來是不相識的，穿上衣服走出健身房，彼此生活並沒有交集。

大概立場擺不平，有些人親執政黨，有些人親在野黨，起過幾回口角，電視便被撤走，烤箱裡留下一個長方形的黑洞張口無言，空空洞洞。但人們還是聊天，嗡嗡嗡嗡，密閉空間中有交集沒交集地說著話，嗡嗡嗡嗡。

竟夜流連於淋浴間冷熱水池蒸氣室烤箱但不運動的這些人，卻偏偏看起來是最需要運動的人。他們年紀稍長，平日穿事業還行啦家庭也差強人意的外衣，這時候好大方在我面前赤裸裸；我別過目光，落在開飲機上一枝插寶特瓶裡的香水百合，它曾經光華而潤澤，盛放著香氣，這時候花蘂已經殘褪，花瓣自尖端逐漸枯褐，長出霉斑越來越密集。

鮭魚！

我曾趕集似地站在北美亞當斯河畔，俯瞰，一整條河比岸上秋葉更艷麗更慘烈，因為正是洄游的季節，上百萬條鮭魚由鐵灰轉為血紅，恐後爭前，要回到數年前破卵而出的所在。因應這一番生命長征，公鮭魚背鰭高高聳起，下頜往外暴凸，牙齒露出嘴唇，好在河床淺處挖洞，讓母鮭魚排卵。不管公的母的，產卵授精後，大自然便不要牠們活了。因為牠們既已傳下自己的基因，也為子代布置了適於生存的環境。健身房裡這些肉體日漸衰敗的人，我想，或許也完成了某些生命的託付。

相對地，父親說出：「你若不結（婚），我的責任就還沒了。」他或許是聽到了時間對他的聲聲催逼。父親說這話時，或正看電視或正在吃飯，視線並不對著我，像喉頭發癢本能地咳出聲來；父親說這話時，我立在他身旁，像一堵威脅籠罩著他。咕嚕咕嚕裝作若無其事說這句話的父親，也是那個在柑仔店前逗得幾名大男人大笑哈哈的父親。

雄孔雀的長尾羽因為牴觸達爾文的「天擇」信仰，持續困擾著他，直到數年後，他終於提出「性擇」以補天擇的不足。達爾文認為，雌孔雀以雄孔雀長尾羽上的眼數多寡來決定交配對象，使得雄孔雀不斷挹注資源，讓自己的兒子更性感。晚近科學家驗證了這個觀點，他們發現雄孔雀長尾羽上的眼數約有一百五十顆，只要少上幾顆，就會在求偶上居於劣勢，那些眼數低於一百三十顆的，則幾乎沒有交配機會。雌孔雀不會隨身帶著計算機，但一連串複雜的化學變化，科學家確認是在很短時間內完成的。至於雄孔雀的長尾羽為什麼不會漫無節制發展？這是因為天擇限制了性擇。

就是這樣，健身房裡孔雀一般的那些同道中人，每每讓我想起演化圖譜上的孔雀。可是，不管如何在肉體上鍛鍊，我們其實並沒有機會將自己的基因傳下去。正因為沒能傳下基因，我促狹地想，所以有比別人更長的求偶期，而必須在肉體上保持警覺。

什麼是達爾文沒有說清楚？或達爾文也說不清楚的？我沒有看到達爾文給「我輩孤雛」演化上的意義，甚至沒看到達爾文給楢山上待斃的那些老人們一個繼續老下去的理由。

父親中風了，毫無預警地。我南下老家陪他上醫院復健，他的手臂像一片失水葉子軟趴趴，難得完成指令，護士小姐動了氣：「阿伯，你專心一點好否。」我委屈得像是自己受到質問（「沒吃飯啊！」教練張嘴大吼），我低聲囁嚅：「伊已經真打拚了。」

中風後的父親鎮日裡昏睡，呆坐電視機前，寡言，一蹭一蹭在稻埕學步，偶爾大哥開車載出門走走，一次到我幼時全家常去的小山，水泥砌成的階梯自山腳下緩緩迤邐而去，初曉事的我不只一回非父親背我不上山。可是這時候，殘破的階梯找不到一個平面可以讓助步器穩穩立著。我隨手撿來一段枯木整理成枴杖，讓父親拄著。拄著枴杖一步一步遲緩移動的這一雙手，也是持握鋤頭在大地上寫實的那一雙手。

一個春日午後，院子裡玫瑰花怒放，蜜蜂蝴蝶飛來飛去，牆縫裡蘚苔和草蕨探頭探腦。但是父親癱在藤椅裡，頭點著點著，睡著了。癱在藤椅裡睡著了的父親像一團萎縮了的肉。我看著，心裡酸酸的，眼眶酸酸的。但是突然之間我抽離，復抽離，至一個冷酷到令人戰慄的距離，我自問：這樣一個只是維持著生命跡象的肉體，存在的意義是什麼？

日頭越來越強了。山上的枯木枴杖帶回家後讓我隨手插進花圃，吃過幾場春雨，這時候竟然冒出幾枚嫩芽青青。我沒有喚醒父親，在長久的勞動後，休息吧父親好好休息吧。我移動位置到他身前，日光照耀著我天天在健身房裡鍛鍊出來的身體，投射出一片陰影巨大如夜，將父親罩在其中。

土撥鼠私語

配合確鑿的雲圖，氣象播報員說這一季始終不願下台的陽光，和篡了位便打算獨裁的雨水，都是受了來自南美洲秘魯沿岸洋流的指使；那裡的海洋熱得方寸大亂，蒸汽氤氳如霧，自海平面倉皇逃逸……

氣象播報員指著身後的藍幕，假想上面有經線、緯線、五大洲、七大洋和無數的島嶼，卻老是心虛地看著跟前的電視畫面找不到方位。他顯露了窘迫，真該給他一個點頭微笑，像體恤初上講台的老師。但是，聽不懂，教我如何裝心領神會?還好捕到了幾句話：「因為這股暖流通常在聖誕節過後發生，所以早在兩百年前，來往於當地的水手便叫它作『聖嬰』。」聖嬰從一地的洋流變化，影響了全球的氣候，我們這個小小的島嶼不能倖免，這個島嶼上繁盛如鼎沸的北部盆地也沒錯身而過。

都是聖嬰惹的禍?這個冬天，陽光的權力欲無限膨脹，說他不累、不願輪休，更不會退休；總在春天發情的珊瑚樹，等不及地早熟了；二月受精的芒果樹，也提早一季招蜂引蝶，產下私生子。都是聖嬰惹的禍？好不容易溫暖的冬天走了，踵步而來的，卻是潮濕的春。

潮濕的春、乾燥的春；蕭索的春、繁華的春。以其變者而觀之，自然不會是同一個春天；但如以其不變者而觀之，今年的春、去年的春，也就沒有什麼兩樣。可是這個春天，我記在心上了，因為再度遇見你。

我知道，雨水落下、蒸發、凝成雲朵、再度落下雨水，其間自成一輪迴；秋日逼退夏天，三個季節後，夏天又將復辟；離離敗草取代繁花，繁花也不愁沒有當令的時節；但人情世故不比時序遞嬗、物理循環，恪遵一定的規則，世間事往往唐突錯過，便要抱憾；縱然時間公平得無情，善於在回憶上籠罩溫馨的燈火，或髹漆以失憶的白粉，然而總在某個不設防的片刻，會感覺到一股酸液腐蝕心房，讓人一時失神、黯淡，瞎找過往，便以為還是遺忘了最好，可以了無罣礙，卻又絕對不甘心。因此，能與你重逢，我的心如髒衣服洗淨後有暖陽舔舐、燈芯受火發光。

再度肩併著肩走在這個城市的同一把傘下，我一如一年前初次與你見面時的生澀卻不減喜悅。或是為了壓抑過度的喜悅而顯得生澀。一年前我們有一次短暫的碰面，匆匆記下你的名、你的姓，你習慣用左手刷牙、右手抹肥皂，並且你鬼鬼地拉起褲腳，讓我看你左腳黑、右腳灰的襪子，它們本都各自有伴，被迫分了家，找到的新侶也還算適配。你說：「和大家一樣是比較省事啦，但希望和大家不一樣的想法其實就和希望和大家一樣的想法一樣強烈，就算只有自己知道也無妨。」說完繞口令，你摸摸腦後傻笑一聲，一時就是個小孩。然後，就像兩道鐵軌相交後遽然相離，你去國他鄉，我則奔波於生活，忙著搪塞種種理由，交代給至親摯友。當時我未曾預料彼此會失去音訊，今日我不曾意料能再度相逢；現實是齣丑劇，背離著願望進行，卻又突如其來給個驚奇。

若說再度遇見你，是排演了百次千次、一廂情願竟然成真的驚喜；撞見這個城市的美麗，則是毫無預期的訝異。都說這是個貧血寡情的城市，路樹讓塵埃淹埋，新芽冒不出頭，天空藍得好希臘而憂鬱；但為了打造希望、快樂和夢想，一夜之間，天上的星星和野地的飛螢，全都因為擬仿的星光和螢火而失色；你我走在元宵節的街燈中，往前望去，一片碎琉璃；往後回顧，一片鑽石海。歡聲笑語在空中載浮載沉，迎面走來一對夫婦手挽著手，忘了出門前他們剛有一次想要殺死對方的爭吵；至於嫖客和娼妓談起了戀愛，誰也管不著。

你我併肩走在街頭，金色的、銀色的燈光星星點點，白色的、紫色的、粉紅色的杜鵑花瓣掙開花葉的保護，試探早春的溫度；我不想過往、也不想未來，只想好好地好好地把當下這一刻牢牢地牢牢地記住。

如果幸福這樣唾手可得，人間將不再有顛沛和流離，寂寞的人不再寂寞、失意的人不再失意；但是，幸福會不會也不再深刻而值得珍惜？

突然你說：「這些杜鵑花被愚弄了。」我回過神來，欣然同意。

宛如北平衚衕裡一隻七彩蝴蝶，在某個天候異常平靜的午後翩躚起舞，紅橙黃綠藍靛紫因為快速轉動而幾乎幻化成眩目的白；隨著牠的振翅，空氣起了一陣小小的擾動；一個月後，位於西半球的美國紐約有了一場暴風雨。我們居住的這個北半球小城捲進全球氣候變異的大浪潮，也是受到遠在南半球秘魯一帶海水增溫的影響。

就因為幾日異常的暖陽，使得杜鵑花誤以為春天早早來臨，是該換她登場的時節了。遂盛裝打扮，希望搶得機先，贏取眾人艷羨；誰知，暖陽不過一時，春天還深深埋在凜冽之下。渾然不知一待天氣轉寒，早發的花朵將零落一地。

我們說著這些那些，想著那些這些，為感覺雖然敏銳、但應變能力顯然薄弱的植物惋惜；相較之下，動物在這方面便有些小聰明：水澇將至，成千上萬的螞蟻走成一條墨線，牠們為了搬家忙；地牛蠢蠢欲動，海鰻未卜先知，為將到的大震尋覓安全的所在；老鼠不上的船，海員都恐懼，恐懼災難的預言成真……

因此，我信口談起北美洲的一個節日，「土撥鼠節」。話才說出口，你便高興地應和，「喔——Groundhog Day！電影裡看過，有意思。」臉上的神采不假外求。這個節日我向許多人提過，提過多少次便要接受多少次疑惑的眼光。第一次有人在我話語甫落便欣然接口，我的內心有了一次小小的震顫，繼之以舒坦，是滿是皺褶的衣裳讓熨斗滑過、平靜如鏡的水面有一朵雲悠悠飄行。

你我輪流說著「土撥鼠節」，雙口相聲一般地，以應證你心中的和我心中的是同一個土撥鼠節：

「每年二月二日，住在北美洲草原的土撥鼠，會從冬眠中醒來；」

「這個傳說應該是來自於印地安人；」

「冬眠醒來的土撥鼠，鑽出牠的小穴，站在草原上，四處張望；」

「牠應該會先確定四周無人出沒和老鷹盤旋，再鑽出洞，然後牠看看草地上是否有自己的影子；」

「如果那天陽光普照，地上明顯有影子，牠便再躲回洞穴，因為冬天還沒過完，春天還在六個星期之後；如果當天太陽沒露面，牠便欣然迎接春天的到來。」

「因為北地二月應屬陰寒才是正常，如果當天出了太陽，就是反常了，春天將會遲到；相反地，如果當天契合時序更迭，那麼春天便就在不遠了，土撥鼠也該自冬眠中醒轉，開始忙碌而活躍的一年。」

說完，你我相視微笑，為彼此取得了默契。就在這一片刻，我清楚看見你具有中國風的一雙單眼皮、潮潤飽滿的紅色嘴唇；還有，亞當的蘋果核，噏了一下而輕輕蠕動；同時瞧見你修整乾淨的鬍鬚，在唇上和下巴渲染了一片淡淡的青色。就在這一瞬間，墨色薄雲停駐無瑕的月。我低頭，看見行進間隱約現身的那一雙襪子，襪子不再被拆散開再硬湊成雙。你意識到我的眼光，自若地說：「努力和別人一樣或努力和別人不一樣，都一樣累，都一樣當不成自己。」怎麼又像繞口令。

據說，像我們這樣的男人，在這個城市並不少。就在你我眼前，迎面走來那一雙，他們梳理整齊像要赴一場盛宴，步伐從容一致，談笑自若，和這個城市其他善於修飾的男人並沒什麼兩樣；然而，總在不經意間，他們擺動的雙手相互碰觸，在這樣又濕又冷的夜裡傳遞體溫，彼此取暖，並在某些家常而細緻的動作，如拍掉對方肩上的雨水，表現了體貼和深情。

或是不遠處那一隻自得其樂的影子，他撐一把格子傘，球鞋濕了也不管，只任踢著水窪玩。他漸行漸遠，終於隱進某個發出強光的定點；另一個人與我們擦身而過，在一個四目交接的剎那，我與他交換了某種科學難以測量的熱量與能量……我們都知道，他是他是他也是，就像我們同樣逃不過他和他的攫捕一般。

像我們這樣的男人，敏感不下於那群每年二月二日走出小穴觀察天象的小獸。獨處時，敏感於自己的內心，咀嚼喜怒哀樂宛如饕客、品嘗悲歡離合猶似美食家，內心幽微深處的任何細緻變化，都如握住掌中紋路一般輕易。對於同類的存在，則嗅覺靈敏像警犬、眼光銳利好比獵鷹，憑著聲音憑著穿著憑著舉止憑著味道，或者談論一片葉子時的專注凝神，張望一朵雲的興味盎然，種種蛛絲馬跡，玩一場拼圖遊戲，奇趣、神祕、樂此不疲；難度稍微高的，則藉助靈媒才有的雙眼，在四隻眼睛交換訊息的瞬間，通過水晶體，聚焦於視網膜，經由視神經傳達給大腦，那也就無所遁形了。

同樣敏感的，是察覺旁人的眼光。藉由他者來建構自己的生活，於是對自己的性向吞吞吐吐、畏畏縮縮，忙著搪塞種種理由，給自稱最愛我們的人。這是個百花齊放的年代，凡事見怪不怪，但是各人心中都有一把尺，有人無法自製度量衡，於是借了傳統的，以為前人用了這樣久，斷無誤差的道理；誰知用了幾千年的尺度，錯得離譜的也不是沒有，比如天圓地方、比如地球是宇宙的中心，比如……可惜的是物理世界可以測量、可以檢視、可以實驗，道德與倫理卻可以固執、可以執迷、可以自以為是；可爭議的是，愛男人的男人明明自己也該有一把尺，卻偏偏棄置不用，還要借用別人的，借來異性之間婚姻、愛情與性模式，來打量自己的舉止。於是像我們這樣的男人，如我也如你，大多藏在這個城市的角落，像沒有時機開放的苞蕾、無法萌芽的種子、一隻易受驚嚇的小獸。

我們期待寒冬中有暖陽，忍不住的苞蕾肆意開放，鬚根穿種皮而出、嫩芽繼之破土，卻害怕暖陽是凜冽的前兆，花朵零落一地、新苗早夭；我們渴望北地二月春陽煦和，卻不免擔心只是一時，終於繼之以冰雪風暴。只好躲回小穴冬眠，一季又一季。

然而，我們畢竟不是杜鵑花，也不是土撥鼠，不會脆弱得抵不住一時的凜冽和冰雪風暴，除非這些阻礙卻是根生我們心中，使我們得了被迫害妄想症。那麼就算陽光下百花齊放，我們也會以為那不過是聖嬰惡作劇、噩耗的先遣部隊。結果只敢待在自己的小角落，在暗夜中徘徊徘徊復徘徊，還聲稱是大環境的壓迫。

我無法替整個族群代言，但我知道那不是你我要的。你我都不願流連暗夜，貪戀陌生的肉體，排泄多餘的精液，強以為「事了拂衣去」是難得的瀟灑；你我都希望站在陽光下，用自己的真姓名、真性情，揮灑元氣飽滿的情和愛。

能夠與你再度相逢，是因為北平衚衕裡一隻蝴蝶下的蠱？還是隨著南太平洋洋流飄來的迷魂香？或是託這綿綿不絕的春雨領來的神諭？其中千絲萬縷，我抽絲剝繭，也理不清頭緒。理不清就任它理不清吧，就乾脆說它是冥冥中自有註定，就說它是一份緣。但是過往的過往，可以全不理會；未來的未來，卻哪裡能放任它灰飛煙滅如水露抖落旱地、美貌埋在深深的土壙。

灰塵

粉紫色百葉窗密密拉闔，像一張久經曝曬的彩紙，顏色已然稀釋到空氣中了，淡，淡得像濃烈酒精刺激後翌日清晨的舌尖；午後光線自窗葉縫隙躡手躡腳進入房內，窗子是終日都拉上的，室內遂終年都有如秋日薄暮的氣氛，無黯澹無光華無悲無喜。

因為長時期缺乏陽光與新鮮空氣，書桌上一盆三色堇逐漸荏弱，自移植到房內後，枝葉一逕抽長，呈現出玉白近於透明的不健康質感，至於花，也不開了，「應該送她到陽台去的。」常常我這樣想，卻不知只是因為懶惰或什麼樣的理由，使我一直留她陪我在這租賃來的單人房。

黑色花盆旁躺著一張白色信封，來自一個遙遠卻不陌生的異地，我想再拿來仔細看過，雖然已經數次自以為仔細地看過了，但總認為會遺漏了什麼，總認為每一次閱讀都會有一些新的發現、新的體會；我伸手，才感覺到信封上已經積了一層塵灰，不是兩日前才清理過的嗎？為什麼灰塵這麼多？

「為什麼生命的灰塵這麼多？」白紙黑字信紙上他劈頭便問，一定是問他自己。印刷楷書沒有情緒，卻重重拋下一個沉沉的問號掛在我心上。

對於為什麼會有這麼多灰塵，我並沒有太大疑問，生活在這城市的人，大概也都沒有太大疑問吧。

去年初秋我搬到這裡，原只是暫時謀個落腳的所在，等待著找到工作便準備他遷；因緣際會，辦公室卻就在附近，我也就住了下來。記得房東自一大串鑰匙使力拔出其中的一把給我後，指著房門：「你先整理一下，看有什麼需要，不要客氣，儘管開口。」我開了門，亮晃晃的白衝眼而來，像走在廊上，被一個突然自轉角衝出的小學生給撞了一下。地板是白的、牆是白的、兩扇洞開的窗外懸著白色天空，西曬的太陽直敞敞闖進房內。真好，這樣白光晃晃的房間，彷彿地中海的情調。

哪裡知道，我赤腳踩進室內，也不過一個腳步，立刻覺知踩踏的是大漠黃沙，地板上留下一個哈利的腳印。

「人們看待我，總是偏執地只看到他想看的那一面，而我，卻又任性地看重他人所視而不見的另外一面，獨自享受著或承擔著。他們看到我光鮮，看到我出眾，卻沒有觸探到在這樣光鮮出眾下的生命其實坑坑疤疤。我無意自憐，但我總是禁不住疑問，疑問生命。」生命自然值得疑問，他是自憐卻也並非不是事實。

光鮮亮麗的不只是他人的偏執，坑坑疤疤的不只是生命，還有這個家——我的家，縱然是租賃來的。

我放下行李，沾溼抹布，蹲身擦拭，也不過隻手可及的範圍，抹布便像吃了墨水，拭過的地方卻還殘留一道道污漬。一桶水又一桶水，擦過了地板，我擦起了窗檯，這日日清風走過、白花花陽光走過，偶爾還有雨水走過的窗檯，更加髒污，也許是我的上一位房客並不介意吧，既然不介意，灰塵便不足以在心中留下痕跡，一如薛西佛斯若不將無止盡地推石上山視為苦役，那麼諸神的懲罰便也不成其為懲罰了。擦過了窗檯，「刷」地一聲，暗粉紫色百葉窗遮蔽了天空，每一窗葉都均勻附著薄薄塵灰，若不以手試探，恐怕還會以為那是它的本然顏色呢；我的雙手套上塑膠袋，再戴沾了肥皂水的布手套，站上椅子擦了起來，光滑、明亮，這是它的另一種面目。

「不要意外，我有好幾種面目，在師長面前總是拿品學兼優評語的好學生和動輒缺乏耐心脾氣暴躁的壞兒子是同一個我，下筆溫柔敦厚遣詞用句講究鍛鍊的我和出言刻薄猶如一鍋酸辣湯的我是同一個我，朋友面前笑容可掬眼尾附著一雙對稱金魚尾巴的我和獨處時黯然自傷彷彿一隻斂翅倒懸於深沉黑暗之中的蝙蝠的我是同一個我。有些我用來面對世人，有些我只能獨自攬鏡，一旦他人意外侵入，便警覺而迅速地以另一個我來掩飾。」我逐漸在楷體中讀出情緒，是先發現了一道鮮血細流，繼之以汩汩。

長期以來，我之所以密密拉闔百葉窗，除了擋遮灰塵，也為了掩飾這房間的坑坑疤疤。前幾任室友不願船過無痕，三面白粉牆上處處是他們生活過的證據。貼牆上的海報必然曾經穎新，但也不過短時間，塵灰便像塗在臉上的厚妝；掛鉤舉目可見，以為可以湊合著使用的，卻在某個夜裡聽到它失足的呻吟，用不著的，反而執拗長在牆上；進出頻繁的玄關、電燈開關附近，都如孩子用來抹臉的袖口……一層灰一層塵，時間走過的痕跡歷歷都在眼前。

某個星期日午後，我權充起化妝師，大肆揮霍遮瑕膏，雀斑、痤瘡、疤痕，全任它粉飾太平；我還發現，最髒污的總在最陰私的地方，耳後、腋下、肚臍、趾間、鼠蹊部，在那些旁人不易覺察的隱私地帶藏污納垢，但化妝過後便全諂媚我似地變成日本藝伎的白臉。陽光，傍晚的陽光，周日傍晚的陽光，地中海周日傍晚的陽光，照在我一塵不染的小白屋，我沉醉了。

沉醉只是短暫，強烈颱風賀伯是醒酒的特效藥，瘋風狂雨一如戰鼓擂在耳膜，不過三兩小時，西向的牆壁便逐漸潮潤，水泡一顆一顆吹氣球般長大，一顆一顆。眼看著因為雨水灌入而使水泥漆逐漸擴大剝落的面積，我只好尋來尖銳物刺穿，雨水如膿緩緩下流，蜿蜿蜒蜒，行過之處全留下黃濁足跡。原來當初我鬆漆牆壁並未先將灰塵除去，此時便混雜雨水流出，復出現於牆表；而牆表，處處曾因積納雨水而膨脹，雨水消逝之後，便留下一個個用過的保險套一般的痕跡，朋友告訴我，那叫「壁癌」。

「演員，我是個天生的演員；不獨我，像我這樣的人也都是吧。總要在平復親友長輩的疑問與維持不說謊的道德要求上小心翼翼走鋼索，常常還有賴於他們素來對一個好孩子的刻板印象的幫助，才使我化險為夷。戲演著演著，有時候甚至連自己也要欺瞞過去了，能把虛構當作真實，一輩子不懷疑，那真是個幸運的人，但是許多事情根本無法勉強，不能勉強愛，也不能勉強不愛，自我的看似天衣無縫的欺瞞，總要在某個心防洞開的幽微時刻讓人難堪。愛，哎，是艱難的。」的確，愛是艱難的。

但生命中有什麼不是艱難的？如果要認真對待。

就比如說吧，我與這灰塵的折衝。有些人視灰塵如無物，莫說是灰塵，天地間有他們一方安身的角落，縱然泥濘，仍然感謝與珍惜；有些人還能從其中體悟某些不易的道理，「本來無一物」與「時時勤拂拭」是兩種境界，卻同樣教人欣賞；更甚者，有人把自己當成了天地之間的一顆灰塵，不自輕不自重又任輕賤任尊重。但我顯然平凡，執著於灰塵，想種種方法與其對峙。本來我以為拉上百葉窗，既防灰塵進入，也藉著昏暗光線求眼不見為淨，哪裡知道當以新鮮的陽光、白色有雲朵軟柔的天空、墨色鑲綴寶石的夜色為犧牲時，灰塵仍然逞其陽謀。我只好一次又一次地，拿起抹布與其周旋。

有一陣子，我常穿一件紅色毛料襯衫，抹布上留下的便是毛茸茸的紅；另一陣子，覺得藍色衣服能讓心情舒坦，抹布上積聚的便是藍；落在白色物品上它成了黑、落在黑色物體上又變成白；窗檯的烏黑是樓下工廠的落塵、冰箱上的是衣服的纖維、鏡面上的是老去的青春、電腦螢幕上的是思考的碎屑、書桌上的是可憎的面容。才不多時，床底下便掃出一個灰塵家族，他們能行無性生殖，我以為；還能夠呼朋引伴，否則那曾經是我生命一部分的毛髮，為何也投效曹營？

總有方法能將灰塵之危害降到最低吧，除了緊緊關閉窗子拉闔百葉窗，頻繁使用吸塵器，和無止盡地擦抹地板家具如薛西佛斯推大石上山，我又認真讀起了家電行寄來的促銷廣告，上頭說目前市面上的空氣清淨機大抵以兩個方向發展，一是濾網、一是負離子針，後者雖以高效能著稱，但價位高且易釋放過敏原，前者為市場主流，因功能不同，有活性碳濾網、靜電濾網、前置濾網之分，最新一代的空氣清淨機則以玻璃纖維HEPA加上三層過濾網，有效過濾百分之九十九的浮塵微粒……都是廣告說詞，誰認真相信？誰又懂得一堆看似拗口的名詞？但若真的只要一台機器，便能免受灰塵之苦，誰能不動心？

「如果有一種特效藥，吃了便能夠使我跟大部分人一樣、使我安心遵循多數人的價值觀、使我不必迷路於情愛的花園，那麼我願意用生命中的許多珍貴去與它交換，曾經我這樣認真地以為。但現在不了，生命各有各的苦與樂，今天不以『我』的生命情狀出現的其他人，並不意味著他們不遭受其他更巨大的苦痛或者歡愉；而且我該珍惜自己與其他人的不同，珍惜自己的獨特，同時也願意尊重他人的不同與獨特，就算無法欣賞，也保留一個空間給他人，同時保留一個空間給我自己，並且試圖以一個更接近『我』的本然面目出現在他人面前。

「因此，我的好朋友，我鼓足了勇氣要在這裡告訴你，我是同性戀者，」看到這句話，照例地我忍不住又來回讀了幾遍，「我是同性戀者」，「我是同性戀者」，他問我：「我是同性戀者，沒想到吧？你能接受嗎？」

沒想到的事不只這一樁，從來我自詡有一雙綠手指，服役時曾從扦插培養種苗開始，種了一個小山坡的耶誕紅，但沒想到這一年來卻種不活任何一盆植物。

在一個幽暗單人房中，一盆生氣盎然的花草正如漫畫家筆下美少女黑眼珠中那一顆晶亮的星星，但眼前這盆三色堇卻死氣沉沉，葉面覆滿了灰塵，「植物善於集塵，可以改善空氣。」正印證了書上所說，但集塵對於植物，是滋養了生命，抑或是斲傷？她渴盼陽光，我卻獨享黑暗；她冀望清風，我卻不耐嘈雜與囂塵，緊緊拉闔百葉窗；我說喜愛，卻處處在抑壓她的生機。

「有一回父親看報，突然啐道：『同性戀！』鄙夷的態度再明顯不過了，我坐一旁怔忪了好一會兒，他不知道他所鄙夷的對象還包括了自己的兒子。父親是愛我的父親，他愛的是我的全部？亦或只是可以愛願意愛的那部分？包不包括我的情愛取向？骨肉如此，又如何苛責其他人呢？我並不以為同性戀本身是可恥的，但卻總是無法不在意他人眼光，是我內化了旁人的眼光，才使這種情愛取向變成生命中的灰塵……」

看完了信，我小心地依照舊痕跡摺疊，放進信封中，「拍拍拍」揮掉信封上的灰塵，復置放於黑色花盆旁。我發現羸弱的三色菫仍不放棄求生的意志，試圖伸枝展葉以爭取更多光線，灰塵卻覆蓋著她有機會美麗的生機。我捧起了花盆，因為移動，一片黃葉落地。落地無聲。走出房間時，隨著房門的闔上，百葉窗有了一次鏗然的動作，是空氣與空氣的激盪，強烈的擺動。

水龍頭下陸續有病體自植株除去，在我的仔細清洗如母猴為小猴捉取身上的蝨子，三色菫逐漸煥發神采，藉著這樣親暱的對待，我檢視她的筋骨脈絡與那些從前我大意疏忽的細節，終於自以為更進一步認識了她，自以為更懂得對待的方法。

我往後陽台走去，想送她到一個地方，那個地方有陽光燦爛，有和風徐緩，而且不乏灰塵漂浮；果然，在午後光線中，灰塵一如浮游生物徘徊往返，往返徘徊，內蘊神祕而難以言說的姿采。他的信最後是這樣說的：「也許灰塵的存在，有其更積極的意義，便是讓我在對它的一再擦拭中，一再地鑑照自己的本性。」

花盆種貓

今年開春，天氣冷得緊的這幾日，一個早晨，我坐臥床上，看見窗外露台上一團藍紫色，像個被拉緊了線的藍紫色氣球搖啊搖啊搖，近視眼瞪半天，看不出到底是個什麼東西，直等到低頭尋思、不受影像引導，才想起那是一盆鳶尾。

戴上眼鏡，欺身探出露台，看見去年冬天伊始埋下的一盆鳶尾，這下子嘔心瀝血開出了一朵鳶尾花，紫色當主調，敷上透明深藍，稀薄的陽光照射下，還有一絲絲螢光綠在花瓣間流蕩；花有碗口大，這樣渾然不要命似的開法，我是從來沒有見過的。

貓的靈魂托生啦！我的第一個念頭卻是這個：看那花瓣邊沿的蕾絲，真活生生就是貓的觸鬚在試探空氣的涼暖；再看靠近花萼處的一抹鵝黃，難道不是花貓身上的一個斑紋？第二個念頭冒出腦際，想要打個越洋電話給遠在加拿大的房東夫婦。

一年前，我循著招貼找到現在的住處，房東直言他們倆準備移民加拿大。房子是不可能草草賤賣的，而且，是有點年紀的人了，或者將來住不習慣，回台灣還有個落腳處，不過……他們略打量了我一下，又說了，如果我們有兒有女，也差不多是你這樣的年紀，看你也是規規矩矩的人，房租打個折，你就當幫我們看家，不要讓房子老掉了……兩夫婦帶我四處巡視，穿過廚房走到露台，女房東指著一排盆栽，這些花花草草我們帶不走，就麻煩你每天澆水，維持個基本的生命現象。

陽光下，我看著馬蹄蘭白花開得正盛，非洲茉莉在風中招搖，還有一盆盆的矮牽牛、孔雀草，都不當節令一回事地，鬧翻了天。我點了點頭應允。男房東從旁補來一句，就麻煩你了。

其實，我一點都不麻煩，頭是我點的，工作卻沒落在我頭上。每天早上伊上班前轉到我住處，上樓來幫我把髒衣服丟到洗衣機裡，順手將露台上花草澆個水淋淋，等我刷牙洗臉後，一起吃伊拎來的早餐；週末伊在我住處過夜，嘴裡嘟囔著，衣服晾了一星期也不收，就是曬筍乾也過頭了吧，教你襪子不要藏到床底下，又不是種木耳還要選個烏漆抹黑的地方，那些碗筷不洗也請你泡到水槽裡，飯粒麵條硬得像恐龍化石啦，還有啊……伊把一件件衣服不管T恤襯衫摺得一般大小，摺完了衣服，拉扯開抹布便蹲到地上去擦，手沒停下動作，嘴巴也像金魚取食一開一闔沒片刻不忙。我其實並不討厭這種感覺，瑣碎、家常，心上長出一股暖意，但是伊還不停下伊的嘴，還有啊……我接了伊的話，還有什麼啊？你嘴巴瘦不瘦、煩不煩啊？舌上快意換來心上的悔意，但話已出口，我管不了那許多了；伊看了看我，眼中泛出清水，才說你兩句……

我習慣伊了，慢慢滋生出幸福的感覺，以為自己就應該和伊在一起，也以為伊也不能短少我；我早早享受著老夫老妻的溫暖，結果，這班幸福列車我只買了短程票。

毫無預警趕我下車，我心中只有錯愕，伊不是只能跟我在一起的嗎？伊不是只適合我嗎？除了我還有誰能夠忍受伊的嘮嘮叨叨？……但是協議分手後，伊連電話也沒來過一通，兩人都認識的某朋友不經意間透露，很快伊又有了新男友，還同居，這就更使我難堪了。

午間休息坐到小咖啡館裡和朋友談起來，苦笑之後我還是一副瀟灑……有什麼大不了嘛，以後遇上的事比這挫折的還要多得是……我辭窮，勉強補上一句，大丈夫……倒彷彿自己抽離了出來，站在神明位置，勸慰那個失戀的我。

晚上回住處，打開衣櫥，伊的味道如幽靈飄飄忽忽；抹去地板塵灰，伊的影像如鏡花水月；動手洗積了許多天的碗筷，伊的聲音像龍頭下水流縈耳不去；躺到床上，身邊好像還有一個伊和我搶被單。睡不著索性起身，聽聽廣播，聽到的都是伊的叮嚀。怎麼辦呢？巷口7-11據說賣有百憂解；7-11又不是藥房，怎麼能不僅眼睛所見，耳朵所聽同樣是能否催化荷爾蒙的關鍵；當他開口問候「你好」時，我不能不承認自己以為隨著線路傳過來的，除了他的聲音，還有一道淺淺的電流，讓我處於無重力狀態，任他的一字一句拍打著我擊敲著我，並且試圖與之共鳴，讓我疲倦極了睏極了，仍不願闔上眼睛睡去。還是他的提醒，他說，你聽，窗外的小鳥在叫了，你現在躺進被窩，我唱一首歌給你，聽過我們就睡了——If there's anything that you want. If there's anything I can do. Just call on me and I'll send it along. With love, from me to you……他把Beatles唱成了R&B，我在聲浪中載浮載沉，載沉載浮。

他所給我的，不是遙不可及的幸福感，確確切切地，是純色搖頭丸MDMA，服上一錠，整個世界都微笑了。

我們逐漸從話語中看到對方眼中的光、身體的溫度和胸部靠左的地方有一起一伏的突突；我們摸索彼此觸探彼此，每每為一個小小的默契而感覺到更為接近對方：對對對，就是這樣！說這些話時，我們感覺到兩人互相擊打手心，再來一個深重的擁抱，臉頰讓興奮暈成一片紅潮。我們愈來愈覺得彼此就是找尋了好久好久的Mr. Right；而且，雖然偶爾鬥嘴，但不吵架，想到線路彼端那個人，是上帝量身打造賜予的，便只能夠感謝、珍愛、惜福。

因為他說他搭捷運上下班，我也常搭捷運了，想像我坐著的這個座位還留有他的餘溫；因為他說他戴Georg Jensen的銀鍊子，我也走進G.J.專櫃，細細品賞，看看上面有沒有他試過的指紋；因為他說他愛死遠企樓下的小火鍋，我也叫了一鍋，偷偷記下配菜和湯頭，打算有機會時如法炮製。因為他的代號叫鳶尾，我走進建國花市，一個攤位一個攤位探看，買了幾顆鳶尾花塊莖，花農要我回家將塊莖藏到冰箱裡，待天氣轉涼再種進花盆；臨離開時，我又拿了花剪和肥料結帳，或許露台上的花草正需要。

我走進露台，驚走一對正在相互唱和的貓。殘花枯枝面對利銳的花剪，脆弱得沒有一點抵擋能力；修飾門面後，接著鬆土；鬆過土，澆過水，施一撮乾雞屎製成的有機肥，花農說，有機肥料營養又不會有肥害。這樣，恢復初搬進來時的榮景也就有點兒把握了；正當我左張右望，成了賣雞蛋的小女孩，屋裡電話鈴聲響起，匆匆將花剪掛到花鐵窗、水龍頭旋緊、肥料袋口也來不及收束，我三步搶作兩步進房間，卻在拿起話筒的當口，對方掛斷了。我坐在沙發上，懊惱得不得了，一時不知怪誰，倒怪起了露台上那一排盆花。

怪盆花卻是沒道理，不如主動打個電話給他；他的聲音冒著濃濃的鼻音，我趕緊抱歉說打擾他睡覺了，他搶著說，不不不，正等你的電話呢。你一句我一句，聊到晨曦一腳滑倒在毛玻璃上，他說，現在你躺進被窩裡。他又要唱歌給我聽了，應該是I've got everything that you want. Like a heart that's oh so true.

留下的資料，但他不老實，因為他不只好看，就算在那樣計較口紅的顏色、脂粉的厚度、西裝的款式和手錶的品牌的地方，他也能夠一下子脫穎而出；我直呼自己幸運，起身走向他，走過一片鏡子黏成的牆時，一瞥，瞥見鏡中人雙眼圓禿鼻子塌陷臉色蒼白一脖子雞皮皺像電腦輻射的長期受害者，看著不知有多麼的老和醜。

我繼續走向他，沒有停下腳步，一直到走過他身前都沒有停下來。

那一夜，意外的好睡，連夢也沒一個；隔天一早醒來，我懶懶地直賴著被窩，還是一陣又一陣隱藏不住的異味讓我起床查看。

這隱隱約約的異味傳來已經許多天，那是雞屎肥發酵後放送出來的吧？走進露台，陽光耀眼，耀眼陽光下，我看見一副異奇的景象，那麼令人不敢逼視又不願挪開視線。

一隻貓，一隻一動不動的貓，一隻一動不動掛在花鐵窗上的貓，一隻一動不動掛在花鐵窗被花剪從下腹部劃開的貓，牠的前肢在鐵窗外，牠的後肢在鐵窗內，在牠被掏空、癱軟之前霎時，必然正做著跳躍的動作；這時候，內臟從被劃開的腹肚呼應地心引力，直往下墜，卻在將要脫離軀體而未脫離之時，凝成一座鐘乳石般的圓雕，脹得只再一分毫便會裂開，飽滿、光滑、無褶皺；那圓雕上映呈出多彩的光暈，調色盤上調不出來的深藍和螢光綠，還有紫得從梵谷名畫鳶尾花中擷取下來的油彩，油彩未乾，閃著耀著蠱惑著像兩片濕滑的紅脣；還有，還有細軟白色蟲子，蠕動，純潔無瑕如玉石，蠕動，一隻兩隻三隻無數隻，蠕動，在斑紋細緻光滑有一朵鵝黃如花的皮毛上蠕蠕而動。

我將貓種進花盆，自冰箱底層捏出鳶尾花塊莖一併埋進去。誰料得到今年開春它會開得如此失血？我湊近鼻子聞嗅，青草清香自花瓣散放出來，鼻子讓如貓鬚的瓣沿蕾絲撩得連打好幾個噴嚏，腦子一下子清醒過來，這樣開始一天，不壞。

夜間飛行

轟趴走光　內褲男跳樓身亡
——200x.x.x《聯合報》A9社會話題版

I

浴室木門咿歪一聲打開，暈黃燈泡光穿透迷濛水霧，渲染得一整個房間像籠在肉色月光下，他從白色蒸騰水汽中出現，赤身裸體，拿一條天青色毛巾擦頭髮，嘴中隨著音響哼著沒時間我沒時間一瞬間來到夏天單身的地平線又轉了一圈晴天終於……

捏著鼻子唱似地，他學電視上女歌星賣弄風騷，興起時索性將毛巾扭緊成長條狀，就當是麥克風，湊到嘴前擺弄，唱到高潮處，雙肩左右搖盪兩下，卻像是剛上岸的落水狗晃動皮毛，身上髮上水滴淋淋瀝瀝弄濕了地板。

跨過濕地板，他拉開衣櫥，就站在大敞衣櫥前，從右到左再從左到右張望一回，終於伸手挑出一件水藍色短袖襯衫，在鏡子前穿上；扣子還沒開始扣，他便轉移了注意，掂了掂胸肌，又抓抓腰腹，接著，學那健美先生在舞台上裝腔作勢，上臂、胸部、臀部，一一檢查著身上肌肉。他嘩地一下把襯衫脫去，手掌在大腿摩擦兩下拭去水汽，隨即撲倒在地，做起掌上壓，做到約十幾二十個時，便與音響裡的歌聲取得了協調。

慢慢地他的呼吸開始有點兒急促，同時感覺到胸肌在漲大在漲大一直在漲大，這樣的感覺支撐著他做到第一百個，即時趕在胸腔爆炸之前停下動作。

胸部浮泛紅暈，一顆顆水珠不住長出，自浴室氤氳而出的燈光更為兩片胸打出刀一般陰影，他看在眼中，嘴角略微一揚。臉上那逐漸鬆垂的肌肉，表情一動，便有兩抓魚尾巴等在那裡，他故意忽略了過去。

他又將水藍色襯衫拿到手中，遲疑半晌，扔回床上，打開衣櫥，這次看中的是一件Esprit白色T恤，合身，很能夠誇張他的胸部線條。

白色T恤、卡其色及膝牛仔樣式褲子，他配了一條Georg Jensen銀鍊子戴上，又用化妝棉搵了搵化妝水搽起臉來，那些妖裡妖氣的姊妹們是這樣教他的：來來來，蜜雪兒，跟我這樣做——同方向、由內而外、由下而上，否則會有反效果喔。他扁扁嘴巴回話：叫我邁可，M-I-C-H-A-E-L，什麼蜜雪兒嘛。接著他壓了兩下髮膠，往頭上一抹，徒手撥弄一番，短髮根根豎起。

鏡子裡的，分明是個二十出頭小夥子嘛，他曖昧笑了一笑，兩泡眼袋像兩個下墜球在鏡子裡隱隱成形。

他剛轉身帶上門，又馬上回轉來，拿三宅一生「一生之水」在手腕內側噴了一噴，兩手腕交相揉摩一番，空氣中像孢子囊炸開一般爆出一股清甜，隨即他轉身準備離去，左膝卻撞著了門板，隨便揉兩下，嘴中亂哼著，沒時間我沒時間一瞬間來到夏天……

今天星期五。

星期五是邁可的pub之夜。

2

每個星期五，邁可泡在pub一整夜，往往舞跳得內外兩件衣服擰得出汗水來，出pub前，他便關到廁所去，從背包掏出乾爽衣服換上，一時周身輕軟得像洗了個熱水澡，才搭上計程車回家。

隔天早上九點鐘，鬧鐘又電擊棒似地將他喚醒，總會有一陣心悸，使他躺床上微微喘息不能起身，或許還會在不知覺中又睡了過去。當他再度醒來，他啊了一聲有點兒懊惱，急急跳下床，先做上百來下掌上壓，再進浴室擎起蓮蓬頭，冷水直沖而下像當頭棒喝。接著他收拾書本，每天安排三個課目，自冰箱拿一撮枸杞子、一撮參鬚，統統投到水壺裡，連同書本擺進背包，再戴上他的深度近視眼鏡，搭公車到圖書館K書去。

午餐在圖書館附近小食攤解決，吃來吃去，也就是咖哩飯、涼拌麵，涼拌麵、咖哩飯，回圖書館趴桌上小睡片刻後，他拿起中西藝術史、中西文化史或美學史，繼續看下去。下午四五點鐘，買來兩枚紅豆餅，就坐在圖書館旁公園裡，細細咬嚼起來，鄰近婦人帶著他們的孩子，女人三三五五邊撿菜邊聊天，小孩嘰嘰亂叫吵得人寧願沒有長耳朵。吃完了，再回圖書館去。約莫六點鐘，他才將書本塞進背包回家。

晚上也沒閒著，自從離開廣告公司後，決定準備考研究所，一時沒有收入，只能在家接些case糊口。他做事頂認真，直像將雙眼當成了嘴巴，要把電腦螢幕上的花樣一概吞進去咀嚼消化一番。

工作往往沒有銜接上，他有時到附近泳池游泳，三十出頭的人了，總得想方設法挽留青春的腳步，否則再過幾年，地心引力便要宣布獲得全盤的勝利。

星期六、星期日、星期一、星期二、星期三、星期四，日子這樣過下去，好像一種自我鍛鍊；一直到星期五，他便有止不住的浮躁，下午三點鐘，書本翻不到兩頁，看一下錶，那些什麼形式、完成、質料、潛能，全都眉眼模糊。

他遂早早離開圖書館，回家先睡個小覺，衷心等待夜晚到來，任自己從清教徒變成舞棍。

「舞棍」渾名是大學同學封的。

會迷上跳舞，倒是他沒想過的事。那時剛考上大學，從南部鄉下來到台北，班上男同學十個倒有七八個也都像他一樣來自中南部，土土野野像種田阿哥，女同學則多是本地人，塗胭脂搽粉都很在行；學校盛行迎新舞會，剛開學，中美堂一個星期總有三兩天樂聲喧騰，他待在宿舍裡看他的《米蓋朗基羅傳》，室友一個個發情的小公雞似地出門去，他並不覺得這些與自己有什麼干係。

一日，警衛室傳來廣播外找，他啪噠啪噠下樓去，原來是女同學林麗和學長盧俊雄一同來拘他，林麗張著兩瓣紅艷艷的脣說：「晚上是我們自己系上的迎新舞會，你怎麼可以不去？」學長倒是和善：「去看看，不想跳也沒關係。」說時一隻手搭在他的肩膀，他臉一燒，傻傻地一笑，林麗推搡著他的身軀：「走吧。」

他把冷板凳窩得發燙，林麗每一會兒便在舞池子裡朝他大力招揮，都讓他給搖頭拒絕了，後來她來到他跟前：「你木頭人啊？」說著硬把他給拉進舞池子裡，逕自在他面前歌歌地笑著跳著，看得他侷促不安、臉頰發燙，林麗湊近他耳朵邊：「你臉紅的樣子好好玩啊。」歌歌歌笑開來，更讓他兩隻腳兩隻手不知道怎麼動作了，便藉口上洗手間，把她給拋下。

當他自洗手間出來，準備離去時，給盧俊雄撞見了：「學弟，要走啦？」他點點頭，盧俊雄說：「再待一會兒，等一下跳恰恰，很好玩的。」他囁嚅了：「可是——我——不會跳——」盧俊雄有無限溫柔：「沒關係，我教你。」

盧俊雄一忽兒站在他身旁教他步伐，左點、右點、快滑步，一忽兒站在他對面與他配搭，恰、恰、恰恰恰，幾度他想放棄，盧俊雄卻說：「不急，哪有人馬上就會的。」

恰、恰、恰恰恰，他遂也逐漸跟上了節奏，恰、恰、恰恰恰，一直到幾位學姊潮浪一般來到把盧俊雄給擁走了，他停下腳步站在原地，耳中響著盧俊雄臨走時對他說的「你跳得很好喔」，竟有一種悵惘在心中織起了羅網。

比較起稍後，這樣的悵惘算什麼呢：

一個午後他在系圖，看報紙，無住屋團結組織送母子蝸牛給行政院院長，阿根廷安地斯山腳下發現最早的恐龍化石……工讀生右手支頤，耷拉著頭，看來是睡著了；除了他，圖書館裡還有林麗和另一名女同學：「怎樣，你跟學長發展到什麼程度了？」他心裡猛一震顫，一抬頭，卻與林麗的眼光對上，似乎不懷好意，林麗回過頭去，對著那名女同學吃吃笑著，女同學又問：「你們——」林麗好神祕笑著，女同學提高了音調卻又壓在喉嚨裡不讓它衝出：「真有你的——」

他眼睛看著報紙，耳朵卻確認了「那個學長」就是盧俊雄，一時全身竟微微抖顫起來。但他未動聲色，報紙一頁一頁，一頁又一頁翻下去看下去……

過兩天到了周末晚上，室友臨出門時隨口問他要不要跳舞去，他點了點頭，室友把將關上的木門打開後，回過頭來，咦了一聲：「咦——開竅啦！」

就在和平東路Spin的舞池子裡，他仗著剛下肚的酒精，暴雨狂風一般，放肆扭動，放肆伸肢展臂。後來，耳朵裡只有音樂和自己的喘息聲；後來，連音樂也沒有了，喘息也沒有了；恰恰沒有了，盧俊雄沒有了，他自己也沒有了，什麼都沒有了，室友問他：「你沒事吧。」他搖搖頭，躲進廁所，坐在馬桶蓋上，眼淚終於掉下來，一滴，一滴。

就這樣，他嘗到了跳舞的好處，沉迷於自己的節奏裡，不與人配搭，同學都說：「你啊，簡直人格分裂，一跳起舞來，像是個瘋子。」有次颱風過後，他難得地和幾名同學一起到桃園石門水庫看洩洪，看著看著，一個男同學手搭他脖子上，對他說：「這像不像你啊？」他不置可否地笑了一笑。

這次他準備考研究所，原本只是辭職的一個藉口，有人問起，他便也如此搪塞；說多了，倒真覺得不妨一試，工作這幾年，頗感覺到被掏得一乾二淨，蠶不吃桑葉怎能吐絲？他也就不找工作，準備起考試來了。他很明白，讀藝術，出路有限，不過這是他在大學時的夢想，當時受限於經濟，不能一口氣往上念，現在趁這個機會一試，如果無法如願，也就死了這條心，專心和俗世周旋吧。

他在圖書館看書，常常一群高中男生女生，一逕嘻笑打鬧，倒把圖書館當遊

花季，微風吹過，一樹樹小花飄得一路上白紛紛。

兩人相熟後，盧俊雄常到宿舍找他，相偕去西門町真善美看場電影，或是遼寧街吃牛肉麵。有時候回去得晚，舍監已經鎖門，他們便繞到宿舍後，那裡有一株彎腰駝背的莿桐，恰可以銜接到二樓，樹幹給踩得一片光滑，幾扇窗戶都讓人給破壞了，修一次壞一次，最後也就隨它去了。

盧俊雄彎下腰，十指交叉成一個平面，讓他墊腳，頗有默契地一踩一送間，他老錯覺自己飛了起來，拍翅，飛上了莿桐；進宿舍後，他招揮著手向盧俊雄道再見，看著盧俊雄轉身離去，踩過露濕草地，月光為草坪鋪陳一水溶溶的白光，盧俊雄身影也好像鑲上了一道光暈似的。

一直到盧俊雄翻過圍牆從視線消失，他才回房間去。

夜夢裡，闃黑一片中有光在遠方恆定不動，他向光源躡步靠近，愈來愈明亮，愈來愈巨大，終於黑暗被逼到死角，再無退路，只好隱形，任光坐大，鐘聲在遠方響起，張眼時看見太陽坐在窗櫺上。

在系圖聽到林麗和那名女同學對話後，他仔細想想，才感覺狐疑：為什麼同學問他是不是和學長很熟，他不假思索說是，盧俊雄卻老是要他有所保留？又為什麼他們愈要好，盧俊雄卻愈要避人耳目？……

天地都在旋動，舞曲一首接一首溶出溶入，有人上岸有人下水，舞池裡始終維持著滿溢的狀態，他已可感覺到內衣濕得貼住了前胸後背，汗水不斷從額上流淌，他不時用手揩拭，還是滲進了眼睛，一時酸澀得很不舒服，但是，但是他還沒有跳夠呢。

一個中年男人擁到他面前，試著配合他的動作；他正感為難時，樂聲趨緩，這是即將登場恰恰時間的序幕。杭州南路上地下室這家pub，每星期六凌晨一時三十分開始的恰恰舞曲，持續一個半小時，是當晚重頭戲。他趁著恰恰還未開始，給了那個中年男人一個歉然的微笑，退到一角，倚在矮桌上，擎起礦泉水，仰頭咕嚕咕嚕狠狠灌了幾口。

池子裡人群自動調整位置，成了兩兩相對又兩兩相背的一列列的隊形，輕輕踩著步伐與前後左右的人取協調，一俟音樂轉強，便一前一後跳動起來。那個中年男人還在遠處瞧他，他沒搭理，揀了個角落，跟在一列人馬身後，恰、恰、恰恰，恰、恰、恰恰恰，一前一後裊動起來。他習慣窩在角落裡自得其樂，這樣讓他覺得自在。但是當他面前那對男人中的一個附在另一個耳邊嘰喳幾句而退出舞池後，落了單的青年卻站在他身前，急切地、殷勤地，配合他的腳步舞動，他也只得迎上前去，與這個陌生人配成了一對。

情況出乎想像的好，你一來我一往，我前進你後退，兩人竟配搭得挺有默契，不像過去他老是踩著人或被踩著了後鞋跟，狼狽得很。

眼前這個青年大概三十將近，中等身材，那張臉孔在這個孔雀開屏競艷似的場合裡，是顯得樸素了點，但他笑起來，一口齊垛垛潔白牙齒在雷射光束下閃啊閃，襯著兩片柔軟飽滿的紅唇，實在教人著迷，他們又搭配得那樣好，以至於後來雖然他的左膝微微感到痠疼，仍不願離去。

突然，白熾燈光大亮，音樂隨之闇啞，人聲窸窸窣窣中，青年向他湊近：

「我叫歐文，你呢？」

「叫我邁可。」

「哪裡人？台北人嗎？」

他頓了一下：「嗯，算吧。」

青年歐文的朋友遠遠地在招手，歐文湊到他身邊，熱氣氤氳得他一身暖哄哄，微微起一手臂疙瘩，歐文說：「謝謝你，你跳得很好喔。」看著青年離去，他站在原地有那麼一瞬不能動作，好熟悉的話，誰說過的？

讓記憶給綁架了，這一晚；記憶是握在手中不肯放的線，緊緊抓住了，青春這隻風箏就不至於飛丟？

聽過圖書館裡林麗和那名女同學充滿暗示和曖昧的對話後，他關在宿舍一整天，室友看他沉著臉一句話都不說，也沒有多問什麼，只在回宿舍時遞給他一盒自助餐。盧俊雄來宿舍找他，他佯稱不在。直到去Spin跳過一場後，心口鬱結稍解，一日下課，盧俊雄等在課室外，見了他劈頭便說：「別聽她亂講。」

他也就相信他了。

原來是警察臨檢。又是警察臨檢，「怎麼回事，這個月第三回了，」身後有人說話，不耐煩地：「找碴。」幾名武裝警察荷著長槍守在入口處，面無表情，一個便便小腹將制服緊緊撐起的警官在場子裡巡視，跟在他身後的也是個荷槍警員，他持槍管往垃圾桶、隨身背包胡亂撥弄。警官喊話：「有人檢舉這裡有人嗑藥。身上有違禁品的，自己拿出來吧。」沒有人理會。

折騰許久，警官要求大家排隊檢查身分證件後離去，有人喃喃「真倒楣」、「掃興」。pub侍應生站在出口處，為每個過關的人在手背上蓋藍色店章，這樣待會兒就可以免費再度入場。他從桌上洋鐵罐裡取了一張紙條，匆匆寫上電話，揣進口袋。

上到地面，已不見那個叫作歐文的青年的蹤影。兩人沒有聯絡方式，合該又是一隻斷線風箏了。他走到巷子口張望，兩女一男三個青少年圍攏一塊，在分著幾顆天青色小藥丸，當場用可樂給服下肚去。

他就近坐到紅磚道機車上，耳裡響著那句「你跳得很好喔」，淡淡地笑了一笑，那一笑究竟藏著的，是自嘲，是悵然，是無所謂，還是其他什麼樣的情緒，旁人並看不出來，他自己也沒去追究。

「你在這裡啊，讓我找了好一下子。」站在身前的，莫不就是歐文，他迎著歐文給了一個微笑。歐文問道：「還要進去嗎？」他搖了搖頭，歐文又問：「怎麼回去？騎車？」「沒有，我搭捷運來的，待會兒搭計程車回去。」他的手放在褲袋裡，捏著那張紙條，手心都沁出汗來了，沒有高分貝音樂的掩護，沒有讓人目盲的燈光的裝飾，他一時像灰姑娘過了午夜十二點。

歐文搔搔後腦杓，說：「我開車。我送你回去好不好？」

4

一行三人站在忠孝東路、延吉街口騎樓底，馬路對角好大一幢招牌，一支勞力士錶指著十時十分長針短針夾角成永遠的微微笑。多少年了，時間在這裡暫停；雖然時間暫停，這支有著完美表情的勞力士錶，還是逐漸地逐漸地有了剝蝕的痕跡。

方才車上，青年歐文的朋友接起一通電話；掛斷後，說有朋友邀續攤，問歐文要一起去嗎，歐文隨即以眼神詢問他，他就跟來了。這會兒歐文的朋友又在打電話，低聲喊啾幾句，說有人會來接應，搞得神祕兮兮。五分鐘後一個小個子男人現身，領著一夥人穿進傳統市場，一路上無人開口，車聲被拋在了身後，陰溝有水流動淅淅瀝瀝，雞籠起一陣小小騷動復歸平靜，味道腥臊；他意識到這不是一場單純的朋友聚會，想說「不去了」，正盤算著，走在前頭的歐文停下腳步，回轉身來等他，拭去了他的不安。

窄樓梯，舊電梯，暈黃燈泡光，上到頂樓出了電梯又往上爬一層，那領隊的人摁了門鈴，一長兩短節奏分明，不是隨意摁下，倒像個暗號。玄關掛一張大布幕，球鞋布鞋散亂一地。布幕揭開，屋裡一片黑抹抹，角落音響亮著藍色冷光，流洩出董滋董滋電子舞曲。董滋董滋，黑影子每兩個或者三個也許更多擁抱在一起，董滋董滋。

他們被領到一個小房間，小個子男人遞給一人一個粉紅條紋透明塑料袋，歐文和他的朋友各數了三張紅色紙鈔，他照做；他們倆解起皮帶，褪去圓領衫牛仔褲，只著一條繃得死緊底褲；他遲疑了，胸腔噗通噗通震動著，表現於外的卻是無動於衷，以至於旁人看來只是舉止稍慢緩而已；歐文交給他半月型一片小藥丸：「第一次先穿半件就好。」「這是什麼？」「衣。大家都要穿的。」命運共同體？他用水嚥了下去。歐文提醒：「可以去浴室先沖個澡。」

很快感覺到渴，很渴，胸口燒著一爐炭，他仰頭灌礦泉水，跑廁所。

董滋董滋，一片昏暗，可以憑藉的只剩下觸覺。有人自身後碰他，試探性地，肩，背，他沒有拒絕，腰，臀，對方放膽環抱著他，董滋董滋輕輕晃動起來，他試著放軟身體；身旁也有幾對這樣擁抱在一起的黑影子，有人離開，一前一後往一個深不見底的黑洞走去。

環抱著他的那人呢喃：「我們去小房間吧。」他只感覺到渴：「我要喝水。」對方沒說什麼，輕輕將手鬆開，隨董滋董滋的節奏走開去。喝過水他在沙發坐下，旁邊有人擁來，雙手在他身上觸探，他沒有回應，一個人走了，又來一個，摸索著找到他的臉他的耳朵，「邁可，」是歐文：「有遇上喜歡的嗎？」他返身抱住歐文，緊緊地，戒心一時鬆懈下來，啊，幸福來得好輕易，感覺眼眶酸酸的，淚水就要掉下來。

歐文握他的手，引導著他兩人走進那個沒有光的黑洞裡。

他往他身上欺過去，他沒有拒絕，順勢躺到床上，扶住他的後腦杓，輕輕囓咬他的耳垂，像鳥雀啄破果皮一探爛熟的汁夜，舌尖蛇一般往耳洞冒進，突然傳來一陣苦意，他遂轉移陣地，舔舐他的脖子，他別開頭去，深怕留下痕跡，他的雙唇微張，吐出一蓬蓬熱氣，連帶有一聲呻吟，什麼氣味似有若無竄進他的意識，腐了爛了，那麼迷人啊那個燈光下的歐文可是眼睛不管用的這時呢，他怪罪起方才的燈光方才的音樂方才那搭配得這樣默契天成的腳步，還有，他甚至怪罪起了盧俊雄，啊盧俊雄怎麼都是盧俊雄啊這個晚上召之即來揮之不去，盧俊雄不該說了句你跳得很好喔，讓其他人拿了這句話當通關密語，可是能怪誰呢，盧俊雄不也曾在話筒彼端對他說我們還是少聯絡比較好吧，同時傳來一聲甜膩的童音在喊著把拔把拔抱抱，他很明白自己哪有什麼立場覺得失望，他自己不也短髮白

T恤卡其短褲一味裝小裝可愛，這時候他又是怎麼想的呢，他發現他冷在他身上，轉而主動抓住他頭顱，以嘴唇找尋嘴唇，當四片粘濕嘴唇相觸時，他伸出舌頭想要頂開他的牙關，他躲了開去，以更熱烈的愛撫彌補，嘴唇行過他胸部，留下一道道粘滑痕跡像蝸牛走過，伴隨著引擎隆隆不歇，冷氣一股股在房間流蕩，即將腐爛的香蕉甜香他的黑色達卡他的一生之水pub夾帶回來的菸味腋下的潮濕，現此時都開始發酵，在這股交融的氣味中，他解析出一絲腥臭，揮之不去，只好盡量抑壓自己的呼吸，我們還是少聯絡比較好，他動手脫去他的內衣，將臉埋在他胸前，那裡有淡淡沐浴乳香氣，同時不能掩去更明顯口水揮發的殘餘，他因此恍惚片刻，他又反身在上將他壓在身下，他隔著底褲磨蹭他下體，每一次用力，都令他發出一聲唐突喘氣，他終於伸手摸向他的下體，換來一霎的挫敗，只好更加努力討好，我們還是少聯絡比較好吧，許久後，他坐起了身體，低低說了聲對不起，口水腥味還在空氣中流浪著，他說沒關係……

猛地，客廳爆開一陣騷動，燈光大亮到房間門口，「馬的，真倒楣，一晚遇上兩回。這些警察。」歐文咒罵：「完蛋了，一大堆記者。」鎂光燈把未開燈的小房間熠耀得一閃一閃，歐文的動作像抽格影片不連貫播放著。怎麼辦怎麼辦呢？他在找可以離開這個小房間離開這個混亂現場的出口，用力拉開鋁窗撞掉紗窗，一躍跳到室外，歐文似乎跟著來了。他緊張得有點興奮，一骨碌攀上女兒牆，聽到歐文喊他「邁可邁可」。

接著，就只剩下風聲了。

5

走到忠孝東路上，他看了看錶，最早一班捷運也要六點才開出，而現在，還有一刻鐘才到五點。他的雙眼酸澀得像潑了醋，昨晚出門時碰上門板的左膝蓋又隱隱作痛起來，他彎下身揉了揉，同時盤算著：今天就睡他個一整天吧。

方才一躍而下，真有飛起來的感覺呢，他心裡想著，喜孜孜地。

街上的人，晚歸的比早起的更加有精神，好樂迪KTV前有一堆人在互相道再見，一輛灑水車慢慢開過，ATT騎樓下的派報員迅速動作著。他的腳步輕飄飄不著地，身體也是，方才發生的事很快蒙上了一層晨霧。

一輛救護車咿嗚咿嗚逆著他，駛往他方才一躍而下逃出的地方。

天色越來越亮，太陽在遠方露了臉，他感覺到虛弱，發現自己的手臂在冒著水汽，冰塊溶化一般。他越來越感覺到輕，不只有手臂，腿、身體都是，都在逐漸溶化，雪人見了陽光一樣地溶化。當他低下頭時，已經看不見自己的下半身了，然後連自己的影子都找不到。一輛車子朝他迎面撞來，一聲驚叫都還沒有出口前，車子已經穿過他的身體，他像露水一般給蒸發掉了。

暗潮

柏油路在視線盡頭如水一樣晃蕩，彷彿經過烈焰燒烤的固體正逐漸放棄對形態的堅持，任火紋身，化為軟泥般半液體；「不是個雨天嗎？氣象預報總是不準！」騎著摩托車，急躁夏風在耳邊呼天搶地，他舔了一下嘴脣，腥鹹，像海的味道，因為這個聯想，一下子他便覺得那些莽撞的夏風所帶來的，也全都是海的潮音、遊人嬉水的歡戲聲，和影影綽綽縮著身體穿過低矮樹林的窸窸窣窣。

車子在一處廢棄通道前熄火後，這午後的海邊小鎮，淡水，頓時陷入死寂，只聽見衣服底下汗水順著背脊往下滑溜如軟體動物的鬼鬼祟祟，又有一時，他以為那是潛伏皮膚底層血液的汩汩，或是，海的暗潮。

他側身經過通道，眼中所見便截然不同了：視野極遠處，在白色天空下，停佇一團墨綠色樹林如雨雲；自遠方鋪展至眼前的，黃沙覆蓋的裸地和因風順服的青草地上，廢棄碉堡兀然突起；迤邐如蛇小徑上，旺盛咸豐草自兩旁侵吞，鬼針時而刺刮著他裸露的小腿，劃出一道道亂針繡成的紅色傷痕，新傷痕飛砂走石而來，卻不掩舊傷痕的歷歷在目。

日昨，他也經驗了這隱約卻真實萬分的騷癢與痛楚。

憑著幾則耳語和謠傳為媒介，藉著躁鬱的天氣和心情當催化劑，「到海邊曬曬太陽吧。只是曬曬太陽罷了，別無所求。」他認真地想，卻忽然覺得可笑，慾望的四肢戴慣了道德的手鐐腳銬，一旦鐐銬卸下，卻反倒蹇足跛行，無處安措；一時心防鬆懈，他索性任亢奮的身軀、賁張的器官、粘膩的觸感等想像，恣意突圍。

幾度，他以為迷路了，不管是心靈或實質上的，儘管盈溢著期盼，卻仍不得不擔心自己即將迷途在慾望叢林中不可自拔，而萌生退意；但終究他還是不可自拔，在探究神祕的強烈心理驅使下，雖然有許多次誤走歧路，因此闖進一座私人牧場，牛羊在藩籬保護下，氣定神閒；又幾乎闖入一座軍營，鐵蒺藜阻擋了前路，掉轉方向而去時，他似乎仍能感受到那荷槍衛兵的眈眈注視……

終於，他摸索著來到這傳說中的海濱據點。但明明是刻意求索，卻彷彿無意間誤闖，他像一頭豢養於籠中的小獸，趁著主人疏忽，啣掉金屬小鎖，躡躡走出囚籠。

見識到如許廣闊天地，自然雀躍萬分，但這是屬於我的天地嗎？牠不禁納悶了。牠試著踩了幾個步伐，泥地是軟的，石地是硬的，草地濕滑，沙地使牠舉步維艱，都不如鐵籠子來得踏實。而且，唉呀！小石礫陷進腳爪間了。牠走到溪邊，低頭想要飲水，卻看到水中有一頭小獸，是一張教養良好卻無血色的臉孔。牠頗具敵意地一吼，水中小獸同時作勢吼牠，牠又回了一聲，儘管使勁撒野，還是顯得溫和；牠被激怒了，猛地往水中衝撞，水中的敵人碎成碎片，隨著漣漪向外蕩漾開來。牠才走開，走了兩步，又不懷好意往溪水吼兩聲。牠四處蹓躂，四處張望，不小心碰著了酢漿草的蒴果，種籽彈出，嚇得牠往後踉蹌數步；羊帶來的刺果沾上皮毛，牠用前爪撥弄，又用後爪去抓，都無法如願擺脫，便團團轉地自己玩了起來；牠愛上了白色曼陀羅的白、粉紅夾竹桃的粉紅，逐漸適應籠外世界，並且受到了這個世界的蠱惑。

突然，牠發現身體周遭有黑色陰影游浮，越來越厚重，簡直是固體；隨著惡意侵略的陰影而來的，是咻咻風嘯，牠油亮滑順的背毛因此倒豎；當牠猛然往上抬頭時，觸目是一隻尖銳的喙，緊接著耳朵有一陣疼痛，一團黑雲在俯衝後矯捷地往上飛起，預備第二次攻擊；牠下意識地往灌木叢避躲，才看清楚黑雲是大鳥，大鳥去而復返，牠更往樹叢中畏縮，大鳥徒勞無功，但並不放棄，在白色天空中盤桓，發出「辣——辣——」的警告聲，一片劍形羽毛緩緩飄落……

大鳥終於遠離視野，牠鬆了心防，才發現身邊的木芙蓉的白色花瓣沾上了紅色血跡，痛！電擊般自耳朵鑽進心底，牠又累又睏又委屈，肚子咕嚕嚕喊，想念起了那個逼仄卻安全的籠子。不過同時，牠明白儘管籠子外的世界險惡，但在見識了如許大的天地後，那個安全卻逼仄的鐵籠子是再也無法滿足自己了。明白了這點，牠遂穿梭於灌木叢中，試著自己覓食，如一頭初識天地的小獸。

儘管小徑隱然成形，但是歧出的枝椏、紛雜的灌木、放肆的野草，卻往往阻擋前路，使得他必須不時撥開障礙物，低矮著身體穿過樹林空隙，如此小心翼翼，卻還是難免遭自樹梢垂懸而下的蜘蛛、毛蟲沾惹上身，他嫌惡地避開了一次又一次，但並不保證能夠永遠倖免。

透過枝葉稀疏處，他看見幾個男人在林中穿梭，或如野獸或如家寵，都是腳步遲緩，覓覓尋尋，不時與其他人交換眼神；那眼神，雖然幽微如寒星，但在同路人看來，卻熠耀彷彿日光，或是嫌惡，或是冷淡，或是驚艷，或是渴求，都穿透物像與心像而一覽無遺。

偶然經過一處坆起的土坡，一具驕傲的肉體呈現在眼前。那男人躺在鋪著報紙的土坡上，戴一副墨鏡，金屬藍色如水銀在鏡片上竄流，陽光照在裸露的身體，浮泛紅棕色澤，縛於腰間的泳褲在光線欺凌下，閃耀華麗的光彩，男人每一細微動作，這光彩便隨之波動，像風拂過艷陽下海平面，男人是悠游其間的熱帶魚。

他注視良久，喉結在頸間上下，躁熱之潮自身軀內外交相激盪，他必定在等待什麼，卻連自己都無法確定，終於他意識到如此沒有互動的窺視只是徒然，只好轉身走開。

走成一條歪歪扭扭的路線，這縱橫交錯的樹林對現在的他而言，更像是一座迷宮，或者，沒有指南鍼與燈塔的海洋。他又回到了起點，但是男人呢？報紙隨輕風揚起一角，他以眼神逡巡，只看到草葉應和，枝椏點頭。失望，潮水退去後，裸露的礁岩枯乾如病，只有幻想的激情澎湃；當他正與熱帶魚回到海洋，浮沉於海水的擁抱時，不意卻有一道激烈的潮水將他推擠上岸，他意識到身後有一雙眼睛；因為正專心品嘗那男人的肉體，以至於當他察覺自己也成了盤中飧時，心間拍起了一道波濤。

窺視他的是個穿白色襯衫的男孩，當四目相交，他馬上自其間解讀出渴望，來自於男孩，和他自己。似曾相識，他想。兩人的腳步都不移動，眼光卻在對方身上奔跑，小心翼翼製造接觸的機會，但總在接觸剎那，便迅疾移轉開。他在等男孩先開口，他知道，男孩也在等他。說吧！話語竄到喉嚨卻吞不下吐不出。說啊！怎麼不說話呢？一個他逼問另一個他。

如此僵持，男孩終於撥開雜亂樹枝，離他而去。一道如水銀流竄的金屬藍光卻反射而來。墨鏡！插在臀上口袋的那副墨鏡，難道就是方才那個男人的墨鏡？他懊惱極了，男孩卻在這時回頭望了他一眼，嘴唇鮮紅滑膩，他將這一回頭解讀為暗示，邀請，甚至是允諾，他遂緩步追隨，保持著相當的距離。

但是，隨著天空的黯沉，眼前的白襯衫逐漸模糊，枝葉不時拂上他的身體，以至於他再也無法從容跟蹤。終於，白襯衫自眼前消失，他只能漫無目的地尋覓，茫然，潮水退去後，淪陷於礁岩間的魚的無語。當他再度看見眼前有隱約的白時，興奮，渴水的魚重新為海水所擁抱。他發誓無論對方可能給他怎樣難堪的拒絕，也要開口認識對方，待走上前時，卻發現那只是一叢盛開白花的曼陀羅，美麗卻有毒，荒謬，重獲海水的魚橫衝直撞，逃不出漁夫手上拎著的魚簍。

坐在一處較高的碉堡上，他等到天色昏暝，觀音山上的燈火如一隻隻佛眼開綻。他在等待那個男人，但是直到他離開這海邊小鎮，都沒有等到。沒有。

回家後，他的身上搔癢難堪，忍不住動手去抓，搔抓過後，皮膚留下一塚塚粉紅痕跡，像花瓣，一片片夾竹桃花瓣。但是更令他覺得搔癢與痛楚的，卻是對那個男人的念念不忘。

黑色頭髮。麥色皮膚。鮮紅嘴唇。銀藍墨鏡。白色襯衫。水藍泳褲。盾拼胸膛……他迴游於慾望海洋中，想念的潮浪一遍遍向他撲來，使他幾乎陷溺。

今日，促使他再度回到這海邊據點的，便也是想念了。

走過咸豐草旺盛的草地，他站在樹林外一處碉堡前，碉堡的位置比四圍都低，他正想往上走進樹林時，卻有一片片黑雲自四方八垓逼近，破碎烏雲麇集成遮天蔽日的惡勢力，氣象播報員配合著確鑿的雲圖的預測應驗了，雨！千軍萬馬趕來，他一時癡迷於天象突變的異景，而遲疑了躲雨的時機，因此在藏身碉堡前，襯衫已經濕了一片。

整理過衣服，他蹲到廢棄的窗櫺上，身體窩在窗口，是一頭孤伶伶的小獸，自高處看著雨水漫漫淹進碉堡；淹過水泥地板，滲進堆放牆角的細沙，高高聳起的沙堆一吋吋崩塌；淹至一堵矮牆，濡濕紅磚，沿著磚縫往上攀爬；滲透石牆，斑駁的牆上沁出一顆顆水珠晶瑩，如皮膚上的汗滴……牠蹲踞於自己的小小孤島上，看著潮水湧漲，向崖岸進逼，岩石往後節節敗退，海岸線一步步謙讓，來不及退守的牠，皮毛濕濡，渾身打顫，喉頭有話，不能出聲。

雨下著，不停地下著。如雨水氾濫的是心中的牽掛。什麼時候停呢？他怔怔地想……一隻人穿透雨水織成的簾幕，溼透的白襯衫隨身軀線條起伏；他站到碉堡入口處，在天光映照下，形成一個翦影，翦影撥弄著頭髮，仔細拂去身上的雨水，片刻後，轉身向外打量天色，就在此時，一道銀藍光彩自身後發出，將此黯如蝙蝠巢穴的碉堡映成證成正果的佛堂；他又走出碉堡，身軀逐漸消溶於雨中，化為液體，化為氣體，杳無影跡……一道海嘯向他心間衝擊而來，以至於他幾乎自窗口跌下。

雨勢終於減緩，但還是飄著，日光卻已經不甘示弱。他涉過積水，走出碉堡，方才那個想像中的人物卻在此時益發顯得具象可見，他遂沿著記憶的路徑走去，卻七彎八拐地，走不出一條坦途。或許除非站到一處較高較疏離的位置鳥瞰，否則身陷迷宮的自己，終究糾葛其中，只能盲目衝撞，他想著，便坐到一塊大石頭上，望向天空，發現就在東方日出的天空，有一道淡薄如氤氳的虹彩，他頓時心情朗澈，「若在空曠的海邊，一定更美！」他又聽見了潮聲，便一步步往海走去，同時，暮色飽含墨色油漆，一吋吋掩埋而來。

輯二

Nature High

I

母校輔大的耶誕舞會聲名遠馳，平安夜裡八九點鐘，往新莊的省道中正路上，從校門口到大漢橋下，人車壅塞於途一公里有餘，車燈閃閃，耶誕燈飾一般；臨午夜時，中美堂裡播畢最後一首慢板舞曲，燈光旋即大亮，人群依依不捨地往外疏散，中正路上再有一次瓶頸。

初讀大學，髮禁、舞禁剛開放不幾年，中學時每月第一個週會，教官用食指、無名指在後腦杓髮腳處一夾，說，明天到教官室複檢。這個如幼稚園時檢查手帕衛生紙的場景還熟稔得很。黨禁、報禁更是前一年才解除，加上我來自鄉下，標準土包子一隻，戒嚴令在心中還上著鎖，好像小腳放大，反倒不知怎麼走路了。迎新舞會上彆彆扭扭，面對幾名台北本地女同學的邀舞，只能紅著臉，乾乾地微笑。

同學中一名外交官女兒見我如此上不了檯面，耶誕舞會前乾脆來個「行前教育」，她教我們幾個來自中南部的男生抓鼓點，傳授簡單舞步。她教的是中規中矩如琴鍵黑色白色各就各位，一離她的視線，我就不知如何動作了，只好憑著感覺，跳得像微波爐裡爆米花，一場舞會下來，竟覺通體舒暢，生活細瑣中自尋來的煩惱一時都隨汗水排出體外。

未打預防針，身上沒抗體，稍嘗了跳舞的好處後，我便全面擁抱，有一陣子不管身在何處，只要耳中一響起舞曲，兩膝蓋便自然抖動如唱盤跳針。誰——連我自己——都沒想到後來我會混跡舞場，舞後，雙頰酡紅還勝酒酣，說起話來頗為孟浪：「不跳舞，長兩條腿做什麼？」我站在校門口天橋上，如正酩酊，這樣對同學宣稱，語氣激昂，頗有些革命或起義的味道。波特萊爾說：「有些誘惑真行，簡直就是美德了。」跳舞是其中之一。

那時候，上學期有迎新舞會，下學期有歡送舞會，各系獨力主辦，或三兩個系所合辦，班上幾名準舞棍相互通告，往往不請自去，三五個人、七八個人，圍著個圓圈，搖啊搖，晃啊晃，高興時大笑，更高興時尖叫，還要更高興呢，團團抱在一起，暴發戶般過度揮霍著青春。

2

偶爾，我們也到校外「打牙祭」。前幾年電子舞曲還是小眾，我們便去了和平西路Spin和中泰賓館Kiss小廳。Spin自晚上九點起，舞曲逐漸由弱而強由緩而快由清晰如電腦程式而迷離如嗑了藥，極有韻律極有品味；後者大廳並無可觀，只是些樂團學戴老師作帶動唱，小廳不然，通常沒什麼人，早期電視綜藝節目不要命似地噴乾冰，我就這樣混身其間，沒把一把腰跳成兩截不回家。回家前躲到廁所如超人窩進電話亭，換上乾爽內衣襯衫，返身當我的乖寶寶。

這兩年電子舞曲席捲而來，真有火燎秋原之勢，南京東路的TeXound自與電音掛上了勾，鹹魚翻生也就是如彼吧！一般舞廳晚上十一點後逐漸進入高原期，TeXound則午夜兩點前稀稀落落，一般舞廳三點五點打烊，它也硬是到隔日十點鐘才關門。再後來才興起的２Ｆ的營業時間則更區隔開來，星期日白天，天光止步處，惡之華盛開時。

電子舞曲能在台瞬間引爆，與搖頭丸的添薪加油脫不了干係，警方頻密臨檢、媒體大肆報導則充當鼓風手；另一方面，知識分子的吹捧，宣稱其中有自Rave Party衍生而來的精神，「解放」被當成了流行商品大肆消費：就十年前，美國ＤＪ法蘭克應承六〇年代嬉皮追求精神自由的理念，高張PLUR——Peace和平，Love愛，Unity合一，Respect尊重——大纛，在不斷重複如儀式的樂音中，舞動者身心盡皆釋放。原始精神「了」不「了」成了枝微末節，解放的快感在身體力行的實踐中已先嘗到了，以美國為基地輻射而出，台灣在世紀末也納入它的版圖。要獲致彼種快感，搖頭丸可當催化劑，我的朋友Kimila說，當搖頭丸與音樂發生化學作用，輕飄飄地腳踩不到地，變成棉花糖似的綿綿的身體，然後，就看見彩虹了，總是有彩虹，我就是彩虹。他口中那「天人合一，人我一體」的境界我雖嚮往，在我看來卻是浮士德的交易。但這並不意味著我難以體會：他們靠搖頭丸當火箭送他們到極樂世界，我則是Nature High，留在上個世紀的蒸汽小火車，動、動、動、動，一路到天堂。

何謂Nature High？仿美容界聞人蔡燕萍的說法，「自燃就是美」，不依憑外物催化，自體燃燒。

電子舞曲突然火紅稱霸初期，已跳過幾年的我，也跟時髦單獨上過一次TeXound，正熱身哩，驀地白熾燈光大亮，音樂隨之闇啞，人聲窸窸窣窣，頗有怨言，原來是警察臨檢。兩個荷著長槍的警員守在入口處，神情肅穆；場子裡巡視的是一個禿頭圓胖的警官；跟在他身後的，也是一個荷槍警員，他揮著槍管隨意往垃圾筒撥弄。警官走進人堆子裡，把一個瘦得腰身還有一稔的青年拎了出來。那青年搖頭晃腦、腳不沾地，神智不甚清楚（他看見彩虹了嗎？）。警官扯著嗓子對大家訓話：「不學好，不愛惜自己，就不怕你們爸爸媽媽操心嗎？——」人群裡有小小的騷動，像風掠過青草地，很不馴地。

場內森嚴，場外我親眼所見，卻是男女幾個人分著搖頭丸，在馬路邊喝著可口可樂給吞下肚去。

臨檢頻繁使TeXound歇業過一陣子，人馬一時轉到台北新興遊樂場華納威秀的Light Bug，朋友邀我去過一回。當晚，人多到溢出舞池是不消說的，穿著清涼的辣妹向才見第一眼的老外猛獻殷勤，一雙乳峰幾乎貼到鼓起的褲襠上，午夜兩點鐘，氣氛沸騰如窩藏在壓力鍋中，男人紛紛脫掉上衣，肥顫顫一片肉海只苦了雙眼並無關道德，但互相交換興奮劑之類的藥物，個個暈頭轉向，有人不支撲倒在陌生人身上……我早早逃出舞廳，蹣跚漫步要回家去，一路上乾嘔但吐不出什麼。

這樣的人生離我太遙遠。這樣的人生不是我所想要的。

就這樣，套得上「反璞歸真」的陳辭嗎？在電子舞曲成為時尚指標的當頭，我又跳回了迪斯可和恰恰。

3

恰恰是四拍五步的拉丁舞曲，第一、二、四拍各一步，第三拍則快速滑動兩個步伐，在敞寬的舞池子裡，男女兩方舞步小但不細碎、臀部線條動靜分明不可猶疑、雙手自然揮動如寡婦鳥求偶，往往跳得兩頰酡紅，喘氣成一美妙的韻律。

電子舞曲風行台北，TeXound之類的搖頭吧以迅雷不及掩耳的姿態崛起前，Funky的恰恰時間曾帶給不少圈裡人極樂回憶。周五晚上，pub裡擠得養鰻池子到了餵飼時間一般，午夜一點鐘的恰恰時間將到，池子裡便巴夫洛夫的狗似地受制約，自然形成一列列縱隊，許多不諳熱舞的，也下到裡邊去，相識者兩兩相向，旁人很難插入。一俟舞曲響起，徐懷鈺、莫文蔚或瑞奇馬汀，都能讓場內一片歡呼，極有默契地一前一後動了起來。安分的人小幅度搖擺，熱情的，卻也只能在有限的空間中扭動。那一點點空間，真的就只能前前後後了，跳錯了固然會踩著了或被踩著了鞋子，若一時做了個大動作，也準碰到旁人，偶爾還換來一雙白眼哩。

快樂也就在此吧，懂得舞步的，可以稍事變化，轉個圈圈，耍一兩個花樣；木訥的，不必擔心，只要一前一後隨著大家動作即可；迪斯可時間不容易對上的識者，跳個恰恰，還覺得頗有默契哩。

同志酒吧在台灣，八〇年代圈內聞人趙媽在中山北路開的「名駿」是濫觴，後來趙媽又陸續主持了倉庫、柴可夫斯基、卡門等酒吧，數度被威脅、砸場、進出警局，並曾因幾張男扮女裝的照片而遭指為「人妖」，因此入獄。相隔不過十數年，同志酒吧在台北星星點點，雖偶有臨檢或抗議噪音的聲音傳出，一般人已多採「休管他人瓦上霜」的態度，白老師《孽子》中那個埋在窄巷、只能由門縫側身進入的「安樂鄉」已成陳跡，取而代之的，是開在鬧區大馬路旁、名滿東南亞同志圈的Funky一類的酒吧了。

我這幾年跳舞，便都在Funky，有一整個半年我於報社編新聞版，永遠趕「死亡線」，下班總在晚上十一點以後，壓力大得很，幾乎每個週末夜我搭公車回三重租賃處，便在林業局這一站下車，到Funky舞到天昏地暗後，換上乾爽恤衫，才搭計程車回家。一回司機吞吞吐吐，是明知故問：「怎麼都是男人？」倦極了的我不似平日畏縮、掩藏，隨口回他：「同性戀酒吧啊。」過癮！

除非朋友邀約，我都獨身到Funky，通常會碰上幾個照過面的，沒有深交無法深談，哈哈哈也就是了，很難成為舞伴；也偶有人遞過紙條說要認識，更是前言搭不上後語；迪斯可自己一個跳，天經地義，恰恰時間一到，看到大家兩兩成雙面面相對，孤單的我可有一絲黯然？答案是，不太有的。就算與朋友偕行，我也總自己跳，因為自知龍飛鳳舞，很難規矩到跟上或被跟上腳步。

多半時候我站到面對ＤＪ檯左側高出約莫一尺的平台通道上，很輕易便跳進自己的情緒裡去。站到高處可以冷眼旁觀，感覺上心境比較超脫，我發現這你一進我一退的恰恰，有點兒像愛情局勢：一個人往前衝時，另一個便向後退，等到那人萌生退意了，對方才又追上前來。狀況好時，稱得上是平衡或是默契，卻往往是，當一人示好，另一人無動於衷，終於要放棄了，才猛然捉住不放。

或者正因為不容易，才顯得珍貴吧。

4

大學時室友問過我：「你想要跳到幾歲呢？」我答得頗不馴：「跳到死！」前年底我脊椎不適，醫囑少作劇烈運動，我一聽，最快冒出腦海的，便是難道要放棄這十餘年來唯一持續不斷的運動嗎。此外，自從以年級斷代的潮流興起於網路，而席捲各界以來，身為五年級生的我，雖是最後一班，也不時被七年級、甚至六年級生逼宮，表態說「廉頗老矣」。煞有其事地，突然地我對煙與菸也不能忍受了，大學時我老說要開一家禁菸舞廳，說不定真能吸引某些族群哩。

正思前想後，與一名長輩去了亞太會館霞飛路一號，看到場上幾名長者舞得極有韻致，我生了盎然的興趣，一位貴婦人伸手相邀，長輩苦於腳疾而拒絕，我穿球鞋，賴服務生通融才能進場，但遭囑一定不可下池，因此也掩飾了我的笨拙。此時大學同一夥跳舞的張竟來電說他學了幾期社交舞，問我有興趣否。

有有有，當然有！我便也去跟了同一位老師，一板一眼地學起舞來，教到恰恰時，老師Closed Position、Open Position、Chasse……術語滿場飛，明明看他輕盈如腳下安了滑輪，我卻遲滯像剛學步，冷不防地，後背被拍了一下，我轉頭看見張在對我鬼鬼地笑：「我看你還是跳迪斯可的命啊。」哼，我可不服輸哩。

我問張，以前那夥一起跳舞的同學現在都去做了什麼？嗯，那個跳起舞來最為妖嬈的女孩，在美國拿了兩個碩士，緊接又讀了宗教博士，現在在小岩城主持一個教會；還有，那個艷冠全場的女孩，早早考過高考，目前是督學……我也快結婚去了，唉，只你一個還在這裡「東飄西盪」（這不正是白老師筆下金大班的自喻之言嗎？）

不管不管，舞照跳歌照唱，老驥伏櫪，無千里可志？卻仍有半百人生要獨自面對哩，能不自己找點樂子嗎？

我的草木們

老家院子裡的一棵柚子樹，樹幹上讓母親給淺淺地敲出幾個斧鑿的痕跡，母親說，種了八九年，也該開花結果了。花開無時，催促有方，像母親這樣，讓植物感受到生存危機，而急著將基因遺傳下來，就是個方法；有一年，黛安・艾克曼忍心剪去花園裡紫藤蔓生的枝條，這株紫藤多年來枝葉茂盛如女妖梅杜莎的蛇髮，卻不開花；不意，翌年紫花一串串宛如葡萄，瀑布也似自枝頭傾洩而下；艾克曼只說，紫藤枝條茂密竄長，不能生長時，才會以花代枝。我看，她與母親所做，道理相距不遠。

但是，我撫著瘠瘦的樹幹，心裡很不捨得，回母親，八九年罷了，還是個嬰幼哩。我的日本朋友告訴過我，在日本，柚子樹又稱阿公樹，這一代種下，要等到孫子輩才吃得到它的果子，只有打算在一地長住，才會在院子裡種柚樹。漫畫《家栽之人》的桑田判事，便曾據此論斷了一宗家庭糾紛。

聽過我的說法，母親似有歉然的一笑，認了錯的小學生一般；從來都是這樣，母親不與我爭辯什麼，只是無言。

無言，是母親最常使用的語言。

那年我在台南官田新訓中心，結訓前各單位前來選兵，我與一名同袍被分發到綠島。彼時，〈桃花舞春風〉或〈只要我長大〉所歌頌的家國使命感已然逐漸稀釋，惜別晚會上，眾弟兄為我倆唱著，這綠島像一條船，在月夜裡搖啊搖……歌聲如潮，一波波推送著我，我的想像浸淫其中，載浮載沉，載沉載浮，因為即將遠行，而夢就在遠方。母親不如是想，電話彼端母親說，這樣遠啊。再無言語，話語尾巴宛如嘆息的氣音，沒頂於我的浪漫想像。後來在台東志航基地等船，新的命令布達，改分發馬公。再度打回電話，母親還是說，還是這樣遠啊。比無聲更沉默。而我，幾日波折使我心生忐忑，突然之間，母親心裡想著的，我突然之間自以為都懂了。

搭「老母雞」到台北後，先留置淡水聯隊本部等航次。

這一等，一年八個月過去。

聯隊依傍著淡水河，位於漏斗狀出海口底部，夜半下哨，我常站到堤岸，望向台灣海峽，遠方有一座燈塔，每固定時間閃爍一霎紅光，我就站在黑暗中，聲音含在口腔很專注地數數，一秒鐘，兩秒鐘，三秒鐘……確認了燈塔並未打嗝作噎。聯隊依靠著山坡，眷村藏在林木之間，幾戶人家多半只剩老人小孩，家有惡犬；一回，我和幾名弟兄被遣去清理一間小屋，獨居老人剛過世不幾時，屋子裡樣樣陳舊，時光被擋在門外五十年，卻唯獨有一架電視機是嶄新的。

一河之隔，觀音山臥在眼前，起霧時，山便被施了大衛・考勃菲爾的魔術，沒有了影跡。我曾試著揣摩稜線，企圖找出觀音的慈眉善目，始終無法如願；但因著「觀音」這個名字，每每我在面對時，自然汩湧出一股悲憫感染力，好像它靜靜臥在那裡，靜靜地，為的就是凝視、諦聽，過去如此，現在如此，再過一萬年也都將如此。

河水呢?向西流去，過去如此，現在如此，義無反顧向西流去如時間線性前進的態勢，好像保證了再過一萬年仍將如此。

河在那裡，卻不是要用來作為時間流逝的隱喻的：每在假日，當退潮時，我們走下日據時代修築為簡易飛機跑道的斜坡，斜坡末端就是裸露的河床，有人一個石頭翻過一個石頭，捉蟹，有人涉水到更遠處去找水筆仔殘骸，有模有樣地雕刻了起來，竟至成為一種風氣。也有人，他們把自營區外誘引來的一條流浪狗丟到河裡，人手一隻長竹竿，每在狗泅泳靠近岸邊時，將其狠狠撥弄開去，反覆再三；不只有狗，也有人把烏龜扔進脫水槽，高速旋轉；或者是蛾，拿菸蒂燙牠的翅膀；貓頭鷹，趁夜以聚光燈照射，再用彈弓……

那些熱烈的、因興奮或運動而兩頰緋紅的面孔，一些嬰兒肥尚未退去，一些點綴以淺淺幾顆雀斑，一些啐罵起三字經還都顯得那樣的不夠熟練不夠反射動作，以至於讓人以為這些都只是惡作劇，孩子式的。

然而不，相當程度上，人與人的對待，卻以一種更隱晦更精密的操作，一大批人貫徹著類此食物鏈的信念。「當兵使一個男孩變成男人」多有人提起，我看到的，重點並不在於肉體上的磨練，更關鍵的是體會了人的殘酷，經此近身且密集的成年儀式，終於取得一身世故的甲殼。

而我選擇的，不是正面迎擊，卻是退到旁觀的位置，拒絕長大。

只是，當斧頭已經淺淺地在樹幹上敲出如鱗片倒逆般的幾個痕跡時，柚樹，如果可以選擇，柚樹開花不開花？

一紙公文發下，要我補侍從士的缺；這是個肥缺，少將聯隊長的跟班，小兵不敢輕舉，長官不會妄動；但這離我的軍旅想像，太陽、汗水、星夜、北風太遠，又靠權力太近，很孩子氣地，我馬上在莒光作文簿寫下婉拒與爭取，婉拒這個編派，又爭取獨力照顧營區花草，我說，坐辦公室吹冷氣並非我的初衷，我更願意在陽光下勞作……我說，我本是農家子弟，深諳四時更迭、草木榮枯……

不幾日，我在寢室，有人通報聯隊長找我。還沒跨出寢室，聯隊長已經立在跟前。我個子小，他也並不比我高，但他立我身前，一座山一塊磐石。他再度確認了我的意願，爽朗地說，那就照你的意思吧。……許多年後，我在電視屏幕上看見那位站在等壓線前的氣象將軍，每每想起許多年前那個傍晚，他逆著夕照在寢室門前，一座山，觀音山，夕照為他黝黯的身影金色鑲邊。

如願取得園藝兵身分，使得我對草木的多情與專注，有了名正言順的積極藉口，而不再是因為對人事拙於應對的消極悖反，我更理直氣壯地作我「局內的局外人」，一如許多年後朋友形容我的。

就在那兩年，「聖嬰現象」一辭頻繁出現於傳播媒體，當作一個新興現象在討論。聖嬰現象造成氣候紊亂，「我的草木們」也摸不著頭緒：冬天裡幾日晴陽，鴨寮旁一株艷紫荊以為春天已經來到，早早地長蕾開花，俄而天氣轉寒，遂零落一地；宿舍外兩排楓香夾道冒出出奇多的毛蟲；紫花地丁，蒲公英，月橘，野薑花，鳶尾，全亂了開花的時序，同時它們是這樣那樣發了瘋地展現自己，尤其山坡上一棵柚子樹開起花來更是不要命，好像僅此一回再無機會；花香則純然是蜜，許多個深夜下哨，人聲稍息、風不再趕路，花香就籠罩著營區，若香有顏色，則可以看到一朵白色蕈狀雲。

柚樹長在一間小屋後方，屋前給開闢成梯田式苗圃，我若在苗圃勞作，則必須向屋裡老人借水；老人獨居，一架電視相伴；天氣晴好時，偶爾老人會坐到簷陰，抽長壽菸；隨時老人都一身即將遠行的裝束，初次碰面我問他，出門去嗎？他朗聲回答，回老家囉就要回老家去囉。老人曾指著那一樹白花，自顧自地咕噥

子王領軍，帶著沖天炮、水鴛鴦、唧唧仔炮來到田野間，瞄準洞穴，眾人分散開去，就近各找一個穴守著，緊張又興奮，希望待會兒鞭炮炸開後，鼠群由自己看守的這處逃出。

然後，就是一場兵馬荒亂，我們跌了跤、互撞了頭，甚至吵嘴，有人哭得一臉鼻涕眼淚，總算十次裡有三兩次抓住一隻肥如暴發戶的老鼠。這遭俘虜的老鼠並不用來當作玩物，更不會畜養成家寵，而是果腹。電影《太陽帝國》中，住集中營的富家子不能忍受配給的米糧米蟲纍纍，讓人教訓以這正是蛋白質的最好補給。身旁觀眾看了多發出作噁聲響，我則會心一笑。他們若知道《馬橋辭典》神仙府裡馬鳴自瓦缽取出一條醬醃金龍（蚯蚓）嚼進嘴裡，冒出一股溲氣，大概會當場翻胃，躲進廁所裡吐酸水。

馬鳴說，「蝴蝶有美色，蟬蛾有清聲，螳螂有飛牆之功，螞蝗有分身之法，凡此百蟲，採天地精華，集古今靈氣，是最為難得的佳餚」，又太過於唯心了。我們，二十餘年前台灣中部一個叫作竹圍仔的小村，釣青蛙、追河蟹、摸泥鰍、採蚌，除了蛇，包括老鼠，都可以豐富菜色，為孩子的一身皮包骨加一點油水。

老鼠抓來，囚進捕鼠籠，籠上綁一條麻繩，垂懸進水井，沒頂，不多時井底裡不再傳來掙扎聲響。一鍋滾燙沸水等著，泡一會兒，剝皮，砧板上去頭去尾，剖腹掏清內臟，便是尋常肉類，如雞如鴨或是牛羊豬肉，煮熟後放一把麵線，起鍋前滴幾滴麻油，加一鬆指米酒。唏哩呼嚕，呷得骨頭不剩。

一回，鄰家阿婆殺自家養的雞，我蹲一旁觀看，沒來由一陣感慨，突然冒出，唉，一個性命就這樣沒了。結果我讓阿婆舉亮著鮮紅的菜刀給趕出門去，她叫道，死囝仔，以後再不准到阮厝來！地板上滴下一滴鮮血淋漓。另一回，當兵時我照顧過副聯隊長養在鴨寮的兔子，由楚楚可憐到壯如戰馬，結果一個假日都讓伙房給抓去用橡皮筋綑住脖子一命嗚呼，上了餐桌，副聯隊長還要我多動筷，我坐在那裡，禮貌地扒著飯，只差眼淚沒有掉下來。

但是，老鼠由天地生養，還敗壞農作，沒有情感糾葛，我吃得挺安心。

我曾在當藥劑師的遠房親戚家櫥櫃中看見過一只玻璃瓶，藥水泡著一瓶子仔鼠，粉嫩嫩幾近透明。我看得恍了神，親戚過來說給我聽，這是實驗用的，莫驚。要我莫驚，卻又告訴我，廣東有道名菜叫「三叫」，筷子挾起時一叫，唇齒之間一叫，滑下咽喉時又是一叫，吃的便是剛出生的活老鼠。我驚得猛吞口水，他卻大概以為是貪饞，遂四界搜奇，橫飛口沫說道，有人用臘肉養蛆，為的是爆炒生蛆，有人利用枷鎖綁架猴子，掀牠的頭殼舀腦漿，有人在鍋裡添油，油裡放豆腐，再養魚苗，油鍋一熱，魚都鑽進了豆腐心裡去……嚇。死。人。也。

童年時吃鼠不是為了過度的口腹慾望，現在想想，仍覺得心安理得。

並不只有捕鼠吃鼠。大年初三是老鼠娶親的日子，當天晚上要早早上床睡去，走路輕聲細氣，莫要驚擾了迎親隊伍，母親還會循古禮在屋角落撒上些白米之類的乾貨，取代鎮公所每年發放兩次的毒老鼠藥。

在老家，人鼠同住一個屋簷下後來理所當然，因為經濟改善，已有餘裕分老鼠點滴。有次中秋我回老家，夜半裡聽見窸窣自閣樓上下來，踩得樓梯板踢踏踢，睜眼一瞧，是隻老鼠，頗為驚惶失措，我起身穿衣想看究竟，這時突地地動天搖，母親在幾間房外喊地動啦地動啦快到稻埕去。我迅速跑進院子，屋瓦在身後砸下一大片，還好我免去了著衣時間，否則，就沒有否則了。

時間就是九二一。這段經歷可以寫進傳奇，當作鼠有靈性的見證，傳奇照例應該這樣結尾：日後某君感念鼠輩，起誓不復殺鼠。

現實不是傳奇。

日前一隻小鼠闖進我位於九樓的小套房，牠並不現身，可我知道牠參與了我的生活。我想，這樣也好，好過一個名存實亡的情人，便認真收留，以為可以當作不謀面的寵物，而心神相契，而靈犀互有。大概是太過於寂寞，竟因此揚起小小的幸福暖意。不過，只有兩天，牠讓拇指粗的電線露了餡，衣櫥裡剛漿洗過的衣服一片漬，地板上有遺屎，床底下窩藏食物。我可以想像牠趁我不在，自歌自舞自陶然。不能怪牠，是我要牠把這裡當成自己家。不能不怪牠，主人客套說話，哪有客人當真的。

買來捕鼠板，A君說擺上誘餌後，要用紅紙搧去人味，老鼠鼻子利，聞嗅後不會上勾；B君說莫在屋內提及捕鼠字眼，老鼠耳朵尖，聞聽後不會上當。我不信，C君D君E君卻都在旁附和，說得我不能不信。可是我已擺上了。

晚上回家，還是有一隻小鼠粘在捕鼠板上，一動不能動，一雙黑眼珠清澈透明而且，無辜。我看了一眼，不能再看第二眼，否則難保不送牠去獸醫院。我把眼角的熱用衣袖擦去，一時也就鐵石心腸了，接下來裝袋、棄屍，全都俐俐落落。

棄屍後回返家中途上，黑眼珠中我彷彿還看出了求饒和絕望，黑眼珠中我彷彿還看出了我的倒影，都已太遲，已都太遲，我替牠問，我本是鄉下老鼠，為什麼進城來？

德惠街女人

儂來自助餐當家作主的，後來換成了個年輕女孩，招牌上的「人」字也宣告退休，成了「農來」，但人氣不改攏總來；用餐時段，人客挑肥撿瘦，排在人龍裡等結帳，女孩盯著一個個餐盤，嘴中喃喃計數，好羞澀地輕聲報價；報完價，目光轉往零錢盤，伸手去抓，其實人客有半數自備硬幣的，女孩的這個多餘的動作彷彿只是為了填補人客掏錢時的空檔；待銀貨兩訖，她輕聲說謝謝，目光始終不曾與人交會。她看起來是那樣的涉世未深，我想，若真交會了，等在我眼前的，準是一臉壽桃的紅。

女孩的五官和儂來原本那個女老闆有幾分相似，她的羞澀模樣也會是她初出社會時的面貌嗎？很難想像，至少我剛搬到德惠街，常至儂來用午餐時，女老闆就截然不是這個樣態了。

女老闆所展現出來的，是縱橫捭闔的爽颯之氣：餐室裡，電視新聞播報聲、碗盤碰撞聲、縱情交談聲，錦鯉池子到了餵飼時間一個樣，還能更嘈雜嗎？女老闆的招呼卻不怕不能夠突圍而出，遠遠地人客一進門，她的你來了啊今天比較晚喔等等開場白便如魚雷般鎖定，同時不忽略手邊的工作；顧客才上兩次門，便爛熟得梅乾扣肉一般，結帳時，好義氣地一律在價錢之後加上一句「就好了」，五十元就好了，六十五元就好了，人客聽了好不舒坦，真以為自己占了便宜。

女老闆最頻繁與人談論的，還是家常，最愛婚嫁時高聲嚷嚷像旺火油炸；若是低聲嘁噈如慢燉，不必細究詳情，也知道不好張揚；多半打地鼠般驀地冒出一句「怎麼這樣？」「唉呀，這種事我們不要管啦」，接著繼續壓低嗓聲交換情報。也不只家常，大選時談選情，SARS蔓延時談防治，美伊戰爭時分析得失，股市上上下下她的聲線高高低低，三兩句話，好比畫龍點睛，或是鳳梨蝦球上桌前要綴上一顆紅色櫻桃。

那時候的儂來，不似現在的農來多的是年輕小夥子，那時候的儂來，熟男占多數，春風少年兄登門，若被老闆娘輕啜豆腐，臉皮薄些的，還不一定應對得來呢。

怡軒也是家自助餐館，也有名老闆娘，但是風格大不相同：雖是自助餐，布置卻向早期瓊瑤雙林雙秦三廳電影的咖啡廳看齊，不太明亮的燈光下，棕色藤製桌椅錯落，矮矮的棕櫚樹三兩棵發揮屏風的效用，食物則都盛在海碗裡一列排在櫃檯上，人客可以自己動手，或是指點老闆娘挑撿。老闆娘意外地沒有沾染絲毫油煙味，她的五官細緻，她的身段窈窕，她招呼起人來，甜甜的笑，手工舒芙蕾的滋味；美麗的老闆娘臉頰上卻有一道淺淺的疤痕，細細長長，像是刀口，粉也遮不住；這道刀疤，使得她的美麗不只是美麗，更多了一分傳奇想像，每每讓我想起白先勇筆下的那些女人，尹雪豔、金大班、藍田玉等人，我遠遠望著她的身影綽約，常猜想，她也有屬於自己的一段故事吧。

怡軒斜對面是好大一張招牌的金芝園，店名聽起來也是好大的口氣，尖沙咀彌敦道上那些一張店招橫到對街去的大餐館一般，主其事的，竟也是個女老闆。

走進金芝園，才發現逼仄得很，還好女老闆裡裡外外把一室簡陋都照亮了：她已經不再年輕，但染一頭紅黃相間的大爆炸，身上有各種原色，黃的橙的桃紅蘋果綠，好不炫耀，望下一看，足蹬一〇九辣妹才穿的高跟鞋，高腳杯裡五顏六彩得雞尾酒似的，奔進跑出，把這一家餐館經營得風生水起：這是德惠街女子的真本事，即便農來那個女娃兒，敲計算機、吩咐採買、安排員工休假，也俐落得兩個樣，這也難怪，儂來女老闆要將店交給她時，帶她在身邊實習了一段時間，一回我聽得女老闆吩咐她和一名年輕男人，店就交給你們了，老媽我也該去享幾年清福。

比起金芝園的辣媽，林森北路口夜裡擺攤賣麵的婦人，顯得寡糖少鹽許多，她憑的全是好手藝，攤子在便利超商外一擺，幾年下來，有回我看她和丈夫商量買房，手上拿著的，是信義計畫區的高級住宅廣告。

德惠街是條陰盛陽衰的街道，晚上八九點鐘，一輛輛黃色計程車穿梭往來，下車的，每每是年輕女性，典型裝扮是細緻卻化了濃妝的臉孔，布料略少的上衣恰足以襯托出豐胸蜂腰，貼身牛仔褲把一雙腿更修飾得又長又直；她們下車，兩兩三三，好無憂地笑著鬧著，紛紛鑽進寶萊納富豪酒吧新台北真情人時尚美女驛鳳卡拉ＯＫ伊人盈和咖啡名酒最愛演歌場裡頭去；平日裡我睡得晚，有時夜半肚子鬧空城計，下樓到麵攤叫碗陽春麵配剛送到的報紙裹腹，常會遇到這群漂亮的女孩，一個晚上的折騰，濃妝已經有些殘褪，眼神略顯慵懶，臉上細紋一條條往下掉，因為曾經見證那樣的美麗，便覺得這樣的光景格外刺眼，竟至有些感慨。

SARS肆虐期間，德惠街上讓酒精催化得搖頭晃腦的男人少了不只一半，操日語的歐吉桑甚至絕了跡，一群群冶艷的女人偶爾便坐到店門口，或者為了透透氣，或者也為了招徠人客，吹笛人一樣把一條條慾望之蛇給勾引出籠。她們閑閑聊天，和男服務生調笑，或對著潛在顧客拋笑臉、丟媚眼。一日我在最愛門口撞見個洋妞，她在對我淺淺地笑，立馬我認出她來了。

一回我旅行返國，機場裡碰到一名俄國女孩，她要搭巴士上台北卻沒新台幣，恰適我就住她即將投宿的飯店鄰近，我便為她買票、共搭一部計程車。車上我問，妳一個人旅行嗎？她點頭說是，眼神有份驕傲，很自負地，渾然不是會伺候男人的軟甜貌，大概生活上的她和工作時的她是兩個人，為了討生活，身體也不過就是個工具，笑容也不過就是個手段；但這時候她在對著我笑，淺淺地，我析解得出來，那也不是個工具，那也不是個手段，大概是情分。

SARS趨緩，黃色計程車一輛輛又開了進來，一輛輛又開了出去，漂亮小姐重又回到店裡頭，只有名人理髮店的那群媽媽們，長年都有人輪值坐在店門口；望進一半透明的玻璃門，沙發上也坐著幾名媽媽，這是很有紀律的一支隊伍，穿一式粉紅套裝，年紀稍長，體態豐腴，臉孔看起來是差不多的，髮型大概也出自同一個設計師之手；見有男人走過，坐騎樓下的那名媽媽用普通話說裡面坐啊，英語也能講上幾句，一級棒的倒是日語，日本歐吉桑進進出出，沒看過哪家店生意這樣好的，後來不多遠處林森北路上又開了家姊妹店：雖說青春無敵，溫柔鄉裡賣的，畢竟還是溫柔。

初搬過去，每回我途經名人理髮店總繞道而行，後來嫌麻煩，直楞楞地穿過騎樓，目不敢斜視，腳步不敢遲疑，但還是讓坐在騎樓的媽媽給捕住了，輕輕招呼我一聲裡面坐啊。事後我告訴朋友，彆扭死了！那些穿粉紅套裝的媽媽們和老家的母親年紀差不多ㄟ，感覺好奇怪。朋友聽了大笑哈哈，直笑到我不耐煩，朋友說，她們年紀哪有那麼大！我正神一算，母親今年六十多，的確不可能和這支粉紅隊伍一樣年輕了，我對母親的印象始終停留在十七歲離開故鄉那時候，如今，十幾年過去了，已經。朋友拖我到浴室，照鏡子，好不揶揄地說道，鏡子裡頭的，是個中年男人了。

偶爾我會想到，名人理髮廳的媽媽們，再過幾年，難道還能穿粉紅套裝坐在騎樓下對過往男人說裡面坐喔？現在她們努力討賺，為的也是將來能如儂來女老闆對她女兒說過的「我也該去享幾年清福」吧？

至於儂來女老闆後來哪裡去了呢？最後一回看到她，是在公車上：車門一開，一對男女登上踏板，我一下子便認出她來了，雖然那和她過往的形象截然不相同，但大鬈髮、毛皮大氅，風韻勝似徐娘，坐實了我對她的想像，若當時有名西裝革履的男士為她欠身開勞斯萊斯的車門，我也不會太感覺訝異；至於那名男士，有點年紀了，看起來頗殷實，好紳士地護在她身後。我猜想，德惠街女子，不管年輕的年長的，面貌突出的平庸的，工作在白日或夜裡的，她們咬牙打拚，為的也就是這樣的一個結局吧。

哈，哈日風

朋友問我住哪兒，我告訴他地址，又動手動腳比畫方位，他說他知道了，我卻還是不放心地補上一句樓下是拉麵店。

因為樓下就是拉麵店，所以空氣中常飄著醬油味，一點點鹹、一點點香，剛搬來時，我卯勁努鼻子，希望能捕到一點點母親的味道，結果失望了；就在同時，腦中冒出「醬油居」三字。目下哈日風正熾，這三個字拼拼湊湊，也有和風；我這個除了感冒以外總無法跟上流行的人，也算是死耗子讓瞎貓給碰上了。

記得讀大學時住學校宿舍，四人一房。大學生有的是時間，文藝腔這回事雖不能說最在行，卻也不少一根筋。當時多數房門口會貼上一張諸如「晏起齋」、「不須大室」等小海報，據地稱王來了（或者更像「到此一遊」的撒一泡尿？）；我住的那個房間，室友也用瓦楞紙拼出一幅「虫二」，蓋取「風月無邊」之意。此事現在看來沒啥創意，更談不上有何風月可言，不過事隔多年，還是讓忘性的篩漏給錯過了。

這時候，我並未在房門口留下「醬油居」字樣，初始是自知並不高明，也就無意自曝其短，後來這三個字在心中進進出出，順心順意後，還是覺得沒必要，大抵是嫌它連附庸風雅也談不上，好比許多人都有個小名、乳名或綽號，自擬的年表或自傳上也不見得提起。

就連煮個水餃也會手忙腳亂的我，一個人在外，幸好附近就有兩家便利超商，我也就放心了。便利超商就像家裡的冰箱，只要冰箱裡總是有食物，我哪還管他廚房裡冷鍋冷灶從不開伙。而且，如果不想吃包裝食物，樓下還有拉麵呢。

通常我中午醒來已過拉麵店的營業顛峰時段，到超商買份報紙，或者就乾脆自己帶書佐餐，一天裡總要進拉麵店一次。一日我醒得早，到拉麵店時恰與上班族放飯時間衝突，本想轉頭就走，卻硬是讓老闆給留住了；自知單身又是熟客，不該占據好位子，我便窩到廚房外的一個小角落。誰知老闆娘忙進忙出，面對我像養小白臉，一轉身，對伙計卻像對負心漢。我吃得很不是滋味。另一日比平時稍遲，燈光關了大半，我選定落地窗前的座位，還是嫌光線不夠，遂請伙計幫忙開燈，一次不果，再提醒一次，還是未能如願。

唉，我還自作多情暗暗幫他打抱不平過呢。從此，我少了一個用餐的地方（你看看，人心有多瑣碎多狹窄）。

少了個吃飯的地方，頂多多走幾步路或者乾脆餓肚子趕這個城市的瘦身潮

（看看宮澤理惠拎著一把如柴瘦骨走金馬獎星光大道時，迷死多少人），並不大礙事，尤其跟噪音這件躲也躲不掉的事相比，就更是小兒科了。

住屋雖立在大馬路旁，房間靠的卻是後陽台死巷，頗得「結廬在人境，而無車馬喧」的好處。直到有一日清晨，電鑽終結了我的春秋大夢。試想，一把炫耀馬達威力的電鑽穿透耳膜，突破腦漿的糾纏後，再像金箍棒般地現身，是什麼感覺？畢竟不是孫行者的我，頑抗無效，終於自耳朵處移開手臂、拿走枕頭、掀掉棉被，一看時鐘，九點出頭，是多數人正在忙碌的時間，我連發發牢騷都覺得理不直氣不壯。

有個同事帶獨生女回南部娘家，清晨，小女孩躲進媽媽懷裡，她摀著耳朵，嗚嗚咽咽地，因為聽見了遠處傳來可怕的聲音；那聲音不是別的，正是公雞的傑作。我能不能也學小女孩撒嬌？顯然不能，理由太多了；就算掉了眼淚，媽媽的懷抱又在哪裡？

面對「多數暴力」，我這習慣「早」睡晏起的人頓時淪入弱勢族群，在噪音的空檔苟且偷「睡」，而它並沒有絲毫鬆手的意思；裝潢風如黑死病在街坊蔓延，更令人只能苦笑的，是那接力賽一般的絕佳默契。一個半月後，棒子傳到二十公尺外一家店面，水泥工砌磚抹牆、木工釘天花板，忙了半個月後，大門口拉起一張紅布條，某某火鍋店預備某時在此開張。

我終於滿意地笑了。

我向來愛吃火鍋，尤其日式涮涮鍋，慢吞吞地，一個人一吃就是一個多鐘頭，幾年前在台北外雙溪工作，下班後常騎車穿過自強隧道，到大直一家日式火鍋店打牙祭，口味如今已忘了有什麼特別，倒是記住了老闆一家都愛漂亮，男主人常穿一身白毛衣，女主人是套裝擁護者，女兒長得好像紙上模特兒，直頭髮、瀏海剪得整齊，一半染成淺淺的粉紅色。其他地方火鍋店也常去，尤其冬天更是樂此不疲。

樓下火鍋店開張後，我就連著去吃了一星期，後來老闆給了我一張貴賓卡。

在深受噪音所苦而生理時鐘大亂那時期，我才常有機會吃早餐，最常去的，就是拉麵店和火鍋店間的那一家美而美，店面淺淺窄窄像一片白土司，一架大冰箱占據了一半空間，冰箱上掛著一排排Kitty貓玩偶，年輕女孩邊調奶茶邊說：「你不覺得很卡哇伊嗎？」我看她笑盈盈的，倒覺得她比這隻沒有嘴巴的日本貓可愛多了。

短短二十公尺三家小餐館，拉麵店標榜的是日本原味重現，火鍋店講究日式涮涮鍋的精緻和服務，早餐店派一隻日本貓值班，還有年輕女孩甜甜的笑容說歐嗨悠。

歐嗨悠，為朋友開門時我也打趣這樣說。他站在房門口這裡那裡比畫，問我怎麼辜負了用瓦楞紙拼字的絕活，還是「醬」字太難才放棄的？我反問他你有沒有搞錯啊那種文藝腔的事當時是你做的吧怎麼現在賴到我頭上來了。他突然問我今年夏天吹什麼風，我說南風吧夏天都吹南風，他說不對不對是哈日風；他又問我那今年冬天吹什麼風，我七彎八拐猜他的詭計，最後說東北風這還有什麼問題嗎。他推了推我的腦袋，說阿搭嘛空固力，還是哈日風啦。

哈，又是哈日風，像空氣無所不在、像水無處不滲透的哈日風，大約和醬油一樣，酌量可以提味，至於加多了如何，就看個人口味了。

綠意鬧區

曾經在東區以東租屋三年有餘的我，由光復南路與敦化南路、忠孝東路與仁愛路兩兩平行的通衢圍成的這一塊街廓，是日常漫步所在；聚到這裡來的青年男女，多半為了迫不及待掏錢消費，我來此，則貪看水泥叢林裡東閃西爍的綠意；雖然，綠意在公園或近郊山區——比如鄰近的國父紀念館和象山——更是唾手可得，但於窮山惡水中淘金的趣味不會等同於珠寶店裡物色金飾，而赤腳踩在沙灘撿拾奇石與貝殼，將更富於發現的驚喜。

何況，人和自然的關係隨著環境遷變而不斷遞嬗，「自然」區塊正在逐漸挪移，這是連一隻老鷹也不得不適應的——

紐約中央公園旁東七十四街和第五大道交叉口那棟大廈，不僅住著伍迪．艾倫，頂樓屋簷也棲居著一隻被命名為Pale Male的紅尾鷹。Pale Male顯然認同這個居所，過去十餘年來牠換過四任配偶，產下二十多隻鷹雛，有人為牠架設網站，有人為牠出版專書，還有人為牠拍攝紀錄片，Pale Male是曼哈頓的知名

「市民」。都市文明的高度發展，使得動物也頗有彈性地調整天性，始作俑者的人與自然的關係當然應該重新定義，因此在物慾文明如花朵綻放至極盛的台北東區尋找綠意，並不突兀。

多半時候，我自光復南路黃牛肉麵館旁的巷子切入這個區塊，一進巷子，相思李舍和Post Coffee相映成趣，一家氣氛古典氤氳懷舊的茶館、一家灰色主調俐落極簡的咖啡館，各自吸引了不同風格的座上客；踅過短巷是停車場，越過停車場，我便任意穿街走巷漫步而去，通常以誠品敦南店為終點，若遇上用餐時刻，則隨興走進一家食鋪，否則，帶著剛買來的新書或雜誌，到仁愛圓環旁雙聖呷一客冰淇淋，油然便解開了幸福密碼。

旅居美國的白老師，每年會返台一段時間，在台期間他就住在其中一條小巷內一戶陽台花木扶疏的公寓裡頭；我還住在東區以東那幾年，幾次與老師約在相思李舍碰面，他照例喝的是花茶，加許多糖，我則喜歡略帶苦味的草茶，小書迷似地聽他談《台北人》裡人物的原型，對台灣政治日趨下流的憂慮，或是他在聖塔芭芭拉宅第的花木，好幾回他說：「唉啊，今年又錯過茶花花期了。」

茶花是白老師的最愛，當初他在隱谷買下寓所，便與摯友王國祥整頓花園，拔去長春藤、罌粟等草本，前庭後院遍植各地搜羅而來的各色茶樹，經過數十年經營，如今一棵棵茶樹都長到屋簷高了；有一年十二月裡，我們去建國花市，正值茶花花季，花農將精心培育、芳華正盛的茶樹都端上了檯面，我一看，興奮得不得了，又是聞嗅又是撫摸，好像看到可愛寶寶忍不住捏捏他雙頰，而白老師，略俯身，將手掌彎成杓狀，自花萼處托住但不碰觸，一朵朵盛開的茶花便好似「裱」在了他的掌面上，細膩而雍容的動作把花朵映襯得格外優雅、美麗。

可能因為容易照護，這一帶植物以樹木為主，草本花卉只現身於標榜柔美的美容美體商家前庭；樹木則以緬梔最常見，緬梔又稱雞蛋花，闊葉好不慷慨地為城市裝點綠意，鵝黃或是粉紅花朵發散濃郁香氣，招搖出熱帶風情；或是小葉欖仁，巷子兩旁有樓房摒擋風雨，得以盡情伸肢展臂，好幾棵都探到對巷去了；也因為這樣，二八〇巷靠延吉街口，一棵細瘦鳳凰木直竄到四五層樓高，氣質清癯、優雅；同樣二八〇巷，兩株挺到天際的椰子樹站在一塊兒，兩名衛兵一樣，為街景添增了嚴正的氣氛；其他，香花植物如玉蘭、樹蘭、含笑，果樹如枇杷、龍眼、桑，都輕易找得到蹤跡。

遺憾的是，很難說這些草木都受到了細心的、善意的照顧，二八〇巷KiKi餐館前的水泥隔牆闢了一個圓洞，好讓一株攲斜的緬梔樹幹得以穿越，是少數例外；其餘的，任意的修剪甚至砍伐隨處可見。

記得幾年前我總愛於一棵樹冠又廣又漂亮的桑樹前停步，逗留一會兒，這棵桑樹每年都會結纍纍的果實壓低了枝頭，遠遠望去一樹紫色紅色，盛宴一般，卻有一日，我在幾條巷弄間繞來繞去，就是尋不到那棵桑，我一直告訴自己，是自己迷了路，不願去面對實情；又或者，今年八月間我到二六〇巷找在此開花店的朋友，花店對面一棵杦欒樹攀出矮牆在小巷上空形成綠色隧道，樹上一顆顆生澀果實小巧可愛，我仰面拍了幾張照片，兩個星期後再度來此，卻只剩下了兩三呎高一段沒有一片葉子沒有一枝歧出的細椏的樹幹了……

顧慮到安全，紐約東七十四街和第五大道交叉口的那棟大廈管理委員會，摘除了Pale Male的巢，儘管理由冠冕堂皇，仍引來各界撻伐，輿論一面倒之下，逼使管理委員會將巢置回原處，靜待Pale Male回家；那些被粗暴砍倒的樹也有機會得到足以引起回響的聲援嗎？就算有人聲援了，它們一息尚存嗎？幸運存活下來的，又要多久才能蔚為綠意盎然？

浮生

台北至善路上有三座中國式庭園。

位於兩溪匯流處的雙溪公園，如今是已經沒落了，仿木髹漆的水泥迴廊涼亭水榭拱橋假山，莫不呈顯出一副百無聊賴的疲態，花木也是，上回往訪在夏日裡，我看著它靜靜地在艷陽下等待一場大雨，把滿身塵灰滌淨，再靜靜地等待著天晴，驅走一身霉濕，而曾經，它是我中學時候某次遠遊的目的地之一，帶給我嶄新而開闊的視野。

故宮博物院旁的至善園，則二十餘年來維持著從容優雅的面貌，流觴曲水，讓人遙想〈蘭亭集序〉的情調，木建築素樸有力，氣質典雅，草木也都興高采烈，盡情展現生命的活潑姿態，水中游魚，園中遊人，交互帶給對方冶遊的樂趣，迴廊裡彷彿還迴盪著我大學時候和同學的笑聲鬧聲，忽遠忽近，時大時小。

至德園位在雙溪公園和至善園中段，依傍著山勢而建，走進黑瓦白牆的圓拱門，穿過白千層夾道，水池裡荷花、睡蓮、大王蓮各自作著自己的夢。遊人很少，幾乎絕跡，望雲亭琉璃瓦上幾隻麻雀喧嘩，觀景台上一隻烏鴉停駐，左張右望，只有淺水池裡三兩隻白鷺鷥稱得上忙碌，每踏一步，尖喙往池裡一啄，踏了十數步或數十步，展翅，往綠色的山、藍色的天空飛去，不久後，同一隻鷺鷥或另一隻鷺鷥飛來，斂翅，繼續往水裡一步一啄。英國大造園家錢伯斯說，中國園林主要有三種場景：爽朗可喜之景，怪誕驚怖之景，奇變詭譎之景。至德園的景致可歸爽朗可喜一類，甚至更淡泊一點，大自然裡的一個單元，人工統籌於造化之下。

七八年前（啊，已經七八年了啊），我在外雙溪一家雜誌社工作，多半中午時候，我到巷子口阿婆開的柑仔店買麵包、牛奶，腋下夾一份報紙，閑閑地散步到至德園，找個樹蔭處坐下，背倚木欄杆，就著天光，吃中飯看報紙。那年冬天，因為聖嬰現象，天氣格外晴美，風吹來，有青草的氣味，涼涼的，我乾脆倚靠欄杆小憩一會兒，十分鐘、一刻鐘後，精神為之振作。

偶爾時間充裕，我會沿著階梯往上，經過瞭望台望雲亭穿過馬路隱進龍柏夾道，往故宮博物院的方向踅去，看植物，聽鳥唱，好奇怪平日擁擠得不得了的心緒這時候軟綿綿的，自然生出一種秩序，因此而諧和。那一個片刻那一種閒適，個人縮小，小到成為大自然的一個元素，像風像樹像風中的飛鳥樹上的蟲蟻，個人又膨脹，因此可以涵納宇宙，無所不能包容。

至德園裡，水塘旁有棵雨豆樹，大概園子闢建前就已經站在這裡了，飽經歷練：它的主幹先是好專注地往上伸展，約在一層樓高處，以優雅的拋物線向下展延，終於探進水裡，再往上翹起。水平長度是垂直高度的數倍，意態「橫」生。池水倒映樹影，彷彿透明水彩揮灑成的藍天白雲，就掛在疏朗的枝枝葉葉間，心中自然生出美的感染力。

工作半年後，初春時分我遞出辭呈，沒有了地緣之便便也很自然地不再前去。某個休假日，東彎西拐地，我又來到了至德園，卻發現處處都是斧與剪修飾過的痕跡，尤其水塘旁那棵雨豆樹，除了直立的枝幹，其餘悉數砍去，成了一副首尾模稜難辨、枯柴也似的怪模樣，瘦瘦嫩嫩的羽狀複葉掙扎著萌長。

就在同一個時期，這個城市的路樹也都經過了放肆的理平頭運動和生活基本教練整肅，一株一株規規矩矩就地立正站好。這些立正了的樹，在我看來，一點都不美。美，容易被犧牲，顧慮到種種非美的因素，美一一讓步；美，沒有客觀標準，所以不美容易被偷渡，偽裝成美而橫行於世；往往，諸種舉措則根本沒有考慮到美。這幾年我到過幾個國家，回台灣後，每每走在街頭，我常常自問：如果在台北，一個旅人，他的眼光該望向哪裡？

離職後，以前的同事說，阿婆幾次問起我，問我到底哪裡去了，怎麼再不過去買麵包和牛奶？最近經過至善路，一時興起，便往柑仔店鑽，照舊拿起麵包牛奶結帳，阿婆行禮如儀，看見我時好像眼中曾經發出一點光，很快黯淡下來。她已經不認得我了，或者，因為我沒有及時回應，她以為自己認錯了人？

我帶著食物，散步到至德園，那曾經的雨豆樹已經不見了影跡。一時之間我懷疑起它或許根本不曾存在過，只是讓我誤植在某個錯亂了的時空裡。我沒有深究，在水塘旁坐下，吃將起來。流水潺潺，白雲悠悠。

飛起來了

銀灰色的天空很低，直逼到眼前來，而人龍迤邐，看不見始終，各往天邊春草也似地蔓延開去，我們插在人群裡，等著接駁公車，出發到平溪，放天燈。

我們，引伴呼朋十餘個人，兩頰似讓這天氣給燜得初熟，泛著淺淺的粉紅，心情很是熱烈，都說好久，一個說是五六年了，七八年了吧另一個說，又有人冒出十幾年囉，這個聲音格外的滄桑掩不住雀躍，都說好久沒和一大票人出來湊熱鬧了。手裡背包裡有零食飲料，嘴裡嘰嘰喳喳，此種熱切彼種興奮全表露在臉面上，和等著去郊遊的小學生一個模樣，但是眼角幾條藏不住的淺淺的皺紋，倒是提醒了，都是徘徊在而立之年的人了。

平溪並不是第一次去，正是對湊熱鬧這回事嗤之以鼻的大學時候，平溪就去過一回，也是一群人，攝影課時拿彼此當模特兒、分組作業常聚到一塊兒、學校舞會時相約而同的一群人，春假期間，為幾名有家難歸的留學生安排的，騎摩托車，男生載女生，新莊出發，走汐平公路，晚謝的緋紅櫻花在左，早開的白色鐵砲百合在右，山壁夾道，一個轉彎後，接著又有一個轉彎，我們加快油門劃風前行，如船破浪。

抵達平溪小火車站，捨車，沿著支線鐵軌徒步，一路上伴隨長征的風在耳中的呼嘯已停，格外的安靜，像剛離開舞場，面對夜涼如水、滿天的星斗，格外的安靜。

不復是那個安安靜靜的平溪，一車車的人像讓豐收的漁船給傾倒出的漁獲，我們也在其中，然而好久沒有，五六年七八年還是十幾年了，好久沒有這樣湊熱鬧了，人群這樣擠，興致仍然高得很。

高空中，這裡一群那裡一群，風箏也似的天燈飄在高空中。天還亮著哩，火光像要把天空給燒出一個個洞口；突然，半空中一只天燈燒穿了，化成火花直往下掉，左傾，右斜，天空中冒出一條盤旋騰飛的火龍。眾人翹首，以手指報訊，都發出啊聲表示惋惜或是驚怕，同時我們覺得，好美好美，心情逐漸達到沸點，更期待當夜色籠罩，將會有何光景。

我們沿著支線鐵軌慢慢走下去，同學之中最活潑的那一個突然就唱起歌來了，很不經意地，很輕也很清地，像從泥土中甦醒過來的一顆種子，芽眼冒了出來，開始有人附和，聲音在山和山之間回響，越唱越茁壯，越唱越勇敢，連一向不唱歌的我，也跟著哼了起來。

火車行進終於壓過歌聲，我們都希望火車駛來我們正巧走在橋上，將更覺得刺激，然而沒有，只好自己模擬驚險，眾人都貼著山壁，只有那個唱歌的女同學輕巧巧地便跳到一塊岩石上，車廂裡有人在指指點點，當火車行過，她又輕巧巧地從岩上跳了下來，動作漂亮，分明就是一個舞步。

跳舞一向是她的擅長，學校大禮堂裡，七八個或十多個同學圍一個圈圈，她就站在圓心，一個圈子旋過一個圈子，一張大圓裙轉啊轉的，迷死人。一回，當裙襬飛揚，一個不小心她卻摔了一跤。這一跤摔得不輕，她跌在地上直叫好痛好痛，兩個長得高壯的男同學左右各架在她脅下，一群人走出禮堂，醫務室已經打烊，而傷勢又不夠嚴重到去掛急診，幾個人送她回女生宿舍，都不捨得離去，便在會客室聊了起來，一聊，聊到天光翻了魚肚白。

天光逐漸隱去，人潮受夜色引誘，湧來一波又一波，主要的一條街道已是寸步難行了，好像這樣人擠人也是慶典的一部分，重要的一部分。我們湧進商家，幾個人合資買一個天燈，同旁人一般，拿沾紅色顏料的毛筆埋首寫願望，賺錢，高昇，健康，平安，愛情順利，等等，大家的願望都很一般，一般的日常，一般的卑微但是實際，好像對老天不敢多所要求，然而這樣簡單的要求有時候卻也是要失望的。

那時候我們不一樣。女生宿舍前，後來談到自己的志願，一種告白的氣氛感召，大家不再對自己的遠望難以啟齒，有人說要當國片的曙光，有人拿大攝影家布列松當榜樣，有人說要默默地寫到旁人不能忽視他；她，那個愛唱歌愛跳舞的女同學，則說她有一天要站上百老匯唱歌舞劇。後來有一個男聲，低低的很沉靜，卻說，我只想要有一個完整的家庭。我知道他從不知道完整家庭的滋味。

願望寫好，帶著天燈到河堤，許多人在那裡，河水黝黯，映著火光，搖搖晃晃，像夢境，晃晃搖搖，像夢境，每一盞天燈順利升空時，總是伴隨著掌聲和歡呼，卻也有的在地面上就燒破了，火光頓時轟然，把失望的表情映得更加顯著，但那火真美，殘酷的美，猙獰的美，毀滅的美。

與那名女同學許多年不相見甚至不互通音訊後，今年年初我突然接到一通電話，說是她從美國回到台北來了，兩人約吃中飯，先計算了究竟是十年或九年沒見面了，再說怎麼你都沒變你也沒有變啊，接著她問，「告訴我，這十年要你用一句話形容，你怎麼說？」

我問她，其他同學怎麼說。

不該問的。多半是失落。

我們終於把火點燃，火球很小，但還是將天燈帶了起來。飛起來了，飛起來了。我們大聲歡叫用力鼓掌，引得旁人也為我們鼓掌。天燈讓風給往南方送，初始很順利，才不多久，我們仰望的脖子還沒痠，它卻慢慢往下沉。啊，我們的一顆心也跟著往下沉，彼此對望，好緊張，更且，它就要撞上一幢兩層樓的建築了……啊，怎麼辦呢？因為它乘載的夢想太重，所以飛不起來嗎？

她問：「你究竟怎麼形容呢？」我說，我覺得離自己的夢想越來越近越來越近。她歡呼叫好，表情和大學時代沒有兩樣。我說，當然也有失落啦，但是……她沒注意聽我說話，我便噤聲，看她自顧自地從背包拿出一張ＣＤ，很快我意會過來。這是你的專輯！我站起身去擁抱她，緊緊地。這是你的專輯！我聽見我自己叫得很忘情……

奇蹟似地，在撞上建築前，天燈竟再冉冉升起。我們又是一陣鼓譟，飛起來了，飛起來了，心情比剛才更激動。

我們仰頭指認久久，看著它越飛越遠，越遠越高，終於成為天上星宿之一顆。

想像飛行

在鄉下老家。我走進稻埕，蹭掉拖鞋，赤足站定後呼喚姪女。姪女甫屆學齡，古靈精怪煞是可愛，她麻雀覓食一般衝了過來。我要她遵從指示，而她竟也聽命，光著腳丫子，模仿我兩腳微張站立，雙手自然下垂。我說，輕輕將眼睛闔上，想像你是一隻小鳥，準備要飛起來了……

我感覺到身體愈來愈輕，漸漸飄浮，騰空，順利起飛。飛起來了我飛起來了，不是飛鳥撲翅搧風，倒像游魚以滑溜的體型劃風前進，速度平緩，方向由意念操縱，好遙遠的所在可以隨即召喚到眼前，虛擬的城邦也能親臨。飛起來了我飛起來了，我在空中前行，輕盈得不似棉花糖，而是風，或者光。

想像飛行是我幼時常玩的遊戲，一個人，不需任何道具，站在空闊稻埕或曠野，隨時可以起飛。後來，升上中學，有更大的膽量而身子骨尚細瘦，頻繁地我趁著晴美的夜半時分，偷偷鑽出閣樓的圓窗，走鋼索一般戰戰兢兢匍匐著爬到了屋頂，放膽站上屋脊，月光又圓又大為我銀色勾邊，我仍舊闔上雙眼，兩隻手微微自身側騰浮，翱翔，那些課本上讀到長輩口中聽聞電視報紙媒體看見的種種關乎飛行的神話傳說與報導，嫦娥萊特兄弟阿姆斯壯王贛駿等等，使得冥想更易於落實。

來到城市後，漸漸地飛行變成一件不太容易的事，並非我遺忘了這門技藝，而是這裡有太多藩籬，一道又一道的門一扇又一扇的鐵格窗；通衢上人馬雜遝；奔向頂樓，卻因為社會新聞中跳樓事件頻傳，而畜養一雙惡犬看守。公園是個好所在，終於飛起來了，可是，咳咳咳，對不起，能見度太低，咳咳咳。不過，真正讓我無法起飛的，畢竟還是日益臃腫的身心。

我豢養小情人般地豢養著飛翔的想像，卻有一日，某種氣氛感召下，提及這個祕密，對方說，你怎麼老想著這些有的沒的？和母親的說法很像，但同樣的說法，母親卻出之以無限的寵溺、慈愛與鼓勵，而他，淡淡的嘲弄，旋即轉移話題。突然之間，我突然之間感覺到，這是一個缺乏想像力的時代。就連我跟情人同遊遊樂園，假裝好巧地站到旋轉木馬前方，假裝不經意地向他說起一個我認為浪漫的場景：夜幕低垂時分，遊樂園的歡快樂音響著，與情人乘旋轉木馬，一前一後，時高時低，而花火，在夜空燦爛。如此「萬事具備」的場景，卻讓他回以「你想太多了」潑一盆冷水，急急去趕「大怒神」，而且要坐兩回。

如此，我又怎願輕易告訴旁人，除了飛翔，我始終還懷有另兩個「奇思異想」？它們在我孩提時候已經發育完成，而這多少年來也從沒萎縮過：一個是倒立著騎腳踏車，一個是住在迷宮一般的闊大屋宅裡。每當我於人煙絕跡的道途上騎腳踏車，這個倒立的念頭每每浮現，並且認真地、興高采烈地擬真；我想，如果我於嬰幼，父母即送我到李棠華特技團，這個念頭或有成真的可能。至於迷宮，曾經變形為有很多房間的屋宅，拆禮物一樣，每個房間帶來不同驚喜；我將頭枕在母親懷裡，軟軟的，暖暖的，香香的，試著把腦海裡的圖像說出口：有很多南瓜的房間，有很多羊羔的房間（羊羹嗎？母親問），有很多熱帶魚的房間，有吃不完的蝦味先的房間（又是吃的，你真貪嘴），有——我故意嚇母親——有很多老鼠和蟑螂的房間，嘻嘻，有——有很多爸爸和媽媽的房間，嘻嘻……「呵呵，盡想這些有的沒的，」母親說，一遍又一遍撫摩我的頭髮，「頭髮這樣黑，以後白得快。」我沒把她的話放在心上，一溜煙溜到夢鄉裡去。

當白髮開始冒出頭時，有日我返鄉，喚來甫屆學齡的姪女，要傳授她飛行的祕技。輕易飛起來時，我得意而且欣慰，卻讓姪女給強迫著陸，她說：「叔叔你在說什麼啊，我怎麼都聽不懂。」也不管我的回應，姪女一蹦一跳跑了開去，像隻麻雀般地。

說。Depression，沮喪，抑鬱，不快樂。

不快樂的時候，我去跑步，在我還讀大學，還不會游泳的彼時。勻均的步伐緩緩往前划去，腳步踩踏聲——喘氣聲——後來，只剩下風在身旁呼嘯，汗水如芽眼吃了肥，倏地冒出頭。

這時候，我不再跑步了，但我有許多雙球鞋，New Balance，Nike，D&G，以搭配我不同款式的上衣下裳；那時候，我跑步，卻無有一雙合宜的鞋子，雖然再貧寒也沒有過阿巴斯《天堂的小孩》裡渴慕一雙球鞋而不得的景況，但我仍沒有一雙合宜的慢跑鞋，常穿的All Star白色高筒布鞋，其實是連步行都不怎麼舒服的。可是那時候，舒服算什麼，連好不好看都不重要，重要的是，標舉了一款鮮明的個人風格。

因此，多半時候我留鞋子默默待在操場邊，好像一個默默的觀眾，默默地支持；而我，赤著腳跑步，往前，成為一種信念，只要往前，風景，好看的不好看的，境遇，得意的失意的，統統會成為背影，而我只要往前，也只能往前。

爺爺也赤腳，無關跑步不跑步。爺爺兩隻腳掌長歪了，右腳套進左邊的拖鞋，右邊的拖鞋套進左腳，這樣穿來才覺妥適。多半時候，他就赤著腳，蜂鳥一樣地忙。出遠門時，爺爺套上他的膠底黑布鞋，鞋子用粗布縫成，右腳左腳長得孿生兄弟一個模樣，再戴上他的圓頂絨帽，身影清癯，脊背直挺，看來好像一名文人，有為有守的那一種。

爺爺說，你啊，走路就好好走路，不要再踢石頭了，踢得鞋頭黑黑的真不衛生；你老母真辛苦，忙得還不夠嗎，還要常常幫你洗布鞋。我仰頭，回爺爺，爺啊爺爺，我在想事情啊。爺爺噗嗤一聲差點笑掉他的一副假牙，爺爺說，囝仔人，想恁多，我看你是呷飽太閒，煩惱，等你大漢還驚沒有能煩惱的嗎？

提著一雙新鞋回家，上樓梯時想起前一晚，就在這個樓梯間，傳來低沉的男聲，沮喪，抑鬱，不快樂，四目交接時他忙回轉身，躲避我的眼光，我卻像揭露了一樁心事般心虛，他蓄留及肩黑髮，妝化得極細緻，穿短裙，腳下一雙紅色高跟鞋。

他，某次個唱會裡，也穿過一雙紅色高跟鞋。我就是程蝶衣，《霸王別姬》裡他說。

上衣下裳搭配合宜，最怕穿錯一雙鞋，錯穿一雙鞋，好像老天給錯了性別。

這世界，天天都是愚人節。爺爺啊爺爺，請你告訴我，這樣的那樣的煩惱，只要往前，統統會成為身後的風景。請你告訴我，爺爺啊爺爺。

感謝阿Q

那年四月，這座城市像患了精神官能症，強迫著以雨水刷洗身上每一個細節，不斷地重複又重複。偶爾我自工作中抬起頭來，看見玻璃窗外蒼白而浮腫的城市，如遭波臣俘虜者在張口吶喊，我卻聽不見他說些什麼，雖然大抵明白不外就是「救命啊救命」之類的話；尤其當我趁著主管不留神時，打了個長長的呵欠，眼角盈溢淚水，整座城市遂在我眼前變形、肢解，沖刷而去。

當時我剛離開第一份工作，原並不願馬上再度投入職場，但是，身分轉換成上班族也才不過一年半的我，已經習慣以上班下班來制訂作息，缺了這項準則，一時之間世界在我面前亂成一碗麵線糊。於是經過幾次面試後，我選擇了一家待遇和福利都令人滿意的公司，決定不讓鬧鐘老是閒著沒事幹。

報到那天早上，我從家中陽台拿了一只小盆栽到辦公室。盆裡種的是綠珊瑚，枝椏不斷歧出伸展，體態豐潤飽滿而健美，是陽台上醒目的植物。

雖和前一份工作一樣，我都負責雜誌編輯事宜，但雜誌內容卻大相逕庭。突然面對大量陌生而疏遠的知識，如房地產起起落落、股市漲漲跌跌，我不免有幾分忐忐忑忑在心中，並且總在翻閱相關剪報時，呵欠一個接一個像要債的徘徊在大年三十的家門口。

我不快樂。儘管同事都樂於幫我度過「適應期」，一向幹練驕傲的女主管也放下身段，盡量表現出溫和幽默的一面，並且偶爾藉故讓我出外洽公「放風」。但是，我仍能確切地接收到「不快樂」和「勉為其難」的訊息。終於不久後，我還是離職了。

告別那一天，雨水在玻璃窗外嘶吼，我在玻璃窗內靜靜地收拾著東西。東西不多，一古腦塞進背包就是了；只有那盆綠珊瑚，不能不小心捧在手上，就怕碰壞了；原本，我打算將它送給同事，但是看到它逐漸荏弱徒長的姿態，細小的綠葉一片片乾癟枯黃，便決定再送它回陽台，畢竟它的原產地──非洲東岸馬達加斯加──是個陽光充沛的島嶼，十七世紀間荷蘭人引進後，也偏愛在酷熱、乾燥而有鹽分的環境生長，小琉球和澎湖便有歸化的個體。我說：「怎麼能適應冷氣房呢？雖然很小心照顧著。」

同事馬上接口：「其實植物和人一樣，剛到一個新環境，總要讓它有段時間適應。」因為這句話，一時之間，我懷疑起了自己的辭職到底是不是過於衝動。但是，終究想到很多事情是不可以勉強的，就如眼前這盆綠珊瑚，要它適應冷氣房也並非不可能，但總是不如在陽光下生氣蓬勃。萬物各有其性，順著本性發展常能事半功倍；若是一意違逆，雖然再補償性地給予豐富的外在資源，也往往扼殺了生機。

當我準備將綠珊瑚裝進紙袋時，不小心弄翻了，折斷了一截枝椏，乳白色的液體即刻敷滿傷口，同事「啊」地叫了一聲，好像受傷的是他自己。我雖然也覺得心疼，但是並不過度，因為我告訴自己，傷口復原後，會更強韌的，而且傷口下方會長出新的芽眼，那就更茂盛了。

其實這樣的想法，常常我自己也並不全然接受，那比較像是充斥於勵志故事書中的寓言，而不是真實人生。真實人生比較像是我從未在這座城市的雨後看見彩虹；通常雨後發生的，是排水溝堵塞、山坡地傾頹，一個個打扮入時的男人女人小心翼翼地避開路上的處處水窪，終於在初抵目的地時鬆了一口氣，慶幸折損不多；就在臉上開出一朵微笑同時，一輛轎車呼嘯而過，留下一隻一臉愕然的落湯雞；這時不免有幾句不雅的話在腦海探頭；然後看著這座在水裡泡成浮屍的城市喊著救命啊救命，心裡彷彿有一點感觸，很快地又被其他的事占據了，轉頭，往前走去（那執拗不變的行走姿態，像患了精神官能症）。

但是，儘管我並不全然接受，我仍常這樣激勵自己，並且很有效率地解決了一些小牢騷和心理障礙。如果生活的難處是普遍而無時不有的，那麼就別中了它的計；把全副心力花在這些事件上，只會減損了生命的光采。

老房子（代跋）

之一：拾荒

朋友們都以為我跟他很熟。其實並不，一年碰不到一回面，MSN上沒有對方的帳號。但是，常有e-mail往返，我們互為彼此的文學媒體編輯。直至有一日，偕同幾個朋友去到他家，連連看的虛線才落了實。他說他本來想買中古屋，後來在父親建議和資助下，入住全新成屋。門一開，我脫口喊出：「哇，好像樣品屋。」淨淨乾乾齊齊整整。轉看一圈後，心裡掛念著的是，那些無論如何背後靈一般跟著我跟著生活的雜物呢？

我想到他對我說過的：「我是一個沒有故事的人。」

他的文字有剛剛好的濕潤和詩意、爽脆和爽口。如果並肩行於道途，我看到的人群去去來來，一顆顆心上都有枝椏遭折損遭斧斤後留下的瘤眼，有些傷口仍有汁液漫溢；而他，直視千百萬年後樹脂結晶成的絕美琥珀，琥珀折射出來的光。可是近年他的創作銳減，他還很年輕，青春像黃金一般錘鍛展延，爍爍閃閃，可是他寫得少了，我很了解影印機一般的生活對繆思的斲傷，幾次對他說：文字工蟻用以標誌自己的，是你啃嚙出來的作品，而不是你編織成的版面（那是蜘蛛的任務吧）。

他告訴我，倒不是工作，而是覺得沒什麼好寫的，我是一個沒有故事的人。沒有故事的人，晶瑩剔透，無有罣礙，好像他的文字，好像他的那間房，樣品屋般幸福光潔。

而我，我住的是一間老房子。那是一間有了自由意志的房子，最愛打扮成百貨公司撿便宜花車模樣，趕報告時截稿在即時，亂葬崗好似。而我，一顆心也好像一座老房子，記憶疊床架屋，送不走上一批，迎來了下一批，拾荒者好似。

讀過一個故事。鹽柱的姪女幼年喪母，老師建議帶她去看心理醫生，鹽柱一番猶豫，終於拒絕，他說，這個小女孩「看來是要走文學藝術這條路的，心理醫生幫助洗刷的，說不定才是真正的財寶」。

風霜經過但不留駐，沒有故事的人，通體琉璃清澈，這是多麼大的恩賜；但是我，只能是住在老房子的人，恆常做著拾荒的工作，俯身以雙手，伏案以文字。這是宿命。我屈從於我的命運。

之二：大隱

愈是趕時間，偏偏愈是容易走岔路。莫非這就是定律。

一個天空蘊蓄烏雲沉沉，風吹來濕濕潮潮的假日清晨，我行步匆疾，眼看著就要遲了將開的會議，一時起意轉入一條小巷，腦海地圖裡的捷徑。就這樣，迷了路。想回轉頭去，才意識到我不是特修斯，沒有美麗公主給的絨線沿途施放。怎麼辦？正為難時，雨水盆潑，下得如貓似狗，我就近往門簷底避躲。先打個電話吧，哎呀，手機也忘了帶。

雨水如簾如瀑如一堵毛玻璃，團團將我困住。不不不，我有了不同的解讀：（不敢作主動的選擇因為怯於負責的人）被動地囚於浮島，延宕，擱置，喘一口氣。錯不在我。

為什麼不能這樣？讀過一個故事，某個清晨鹽柱撞見他的白種人鄰居「蟬人」醉醺醺返家，因為他求職失敗了。不，不是沮喪、失意、解千愁的醉，他在慶祝，慶祝又一次從常軌中脫逸而出；鹽柱說，蟬人的生命，好像只是為了「幾隻昆蟲、幾場球賽、幾瓶威士忌就夠了」。

心情一鬆身體一軟，往門扉上倚靠，喀噠什麼東西應聲斷裂，門扇咿歪兩響開出了縫，我偷眼覷看。荒了。廢了。院子裡離離青草長到半人高，日式老房子黑瓦黑牆露出上半截。何以致此？社會新聞裡三天兩頭聞見，大家族的產權擺不平，難免致此？

我放膽涉過海般叢草，橫釘大門的木條輕易摘下，室內桌椅几凳儼然，鍋碗瓢盆齊備，再無長物；四界鋪著厚厚灰塵如毯，行過處留下濕黑腳印，遂盛了雨水清理，一張椅面大小，一張桌面大小，一張榻榻米大小地清理下去，滿身大汗痛快直到天光轉暗；第二日休假，繼續幹活；第三日乾脆請了假，攜來簡單家當。後來，班也不說一聲就不上了，一日日布置起自己的起居室。

是個家了，把賃來的房子退了租。瓦縫裡蝙蝠你是黑戶，多久沒交房租了？搬家搬家；樑上的燕子啊燕子，是南飛的季節了，快走快走；蛇啊，少在那裡占著毛坑不，嗯，咳咳；蟾蜍，可以請你遷居到院子嗎？這是我的家了，大門復上鎖，前院青草離離任它竄長，免得門後有人窺探；後院邊沿開小通道，天昏暗，荒無人跡處進出。沒有電話，甚至沒有電；沒有信箱，甚至沒有地址。從這個世界上隱形了好似，蒸發了好似。

……啊，不說了，媽媽慣常笑我的話已經響在耳際了：「又在作暝夢，一天到晚想這些那些有的沒的。」我的媽呀，我不夠幽默，無法輕鬆面對生活中不期然而來的冬日靜電，還好還好，還好有幽夢讓我藏身。

而文字，就是我的幽夢，幽夢的落實。

之三：市井

朋友都笑我，有的說我太單純，有的說我單單只得一個蠢：當初你約晚上看屋，人家只有白天有空，你就應該提防了；當初人家說要簽約，你急著付訂，是嫌賺錢太容易否？唉啊，沒知識也要看電視，怎會不曉德惠街是什麼樣的一條街？

可是，我爭辯，可是我沒有不喜歡啊：

住在九樓，徐娘已老一間小套房，樓下真情人；也不只有真情人，站騎樓一路算數過去，寶萊納富豪酒吧新台北時尚美女驛鳳卡拉ＯＫ伊人盈和咖啡名酒最愛演歌場……更遠處，街頭行人讓霓虹吃了去，只餘點點流離翦影，看不清招牌上寫的是桃花邨還是將就居了——

甚至，我反駁，甚至我還滿喜歡的。

這樣盛開至熟爛的所在，人與人間隔0.001公分的不是距離，卻各自包覆著一層膜，活在結界裡。

好似蛋雞養殖場隔間的小套房，天花板上壁紙一角掀起，紫紅色地磚紫紅色小冰箱發散一股淫靡氣味，衣櫥頂翻出一張牛皮紙娟秀字跡條列日後再不賭博不開快車要儲蓄等誓願，文末粗獷筆跡畫押；我躺床上，聽冗長甬道傳來鐵門開啟復闔上的回響，男人怒吼女人低泣又是哪一對？愣怔怔一時分不清紗窗外的究竟是餘暉還是晨曦。

許多個深夜，找一處昏暗騎樓，一口一口飲威士忌，講收不了線的電話；窄窄一條馬路之隔對岸，泊車小弟迎來一名又一名男客，自動門一開一闔，冷氣與暖香湧溢，跟街頭的廢棄煙塵混融成一片；我埋在心中的暗影，青春已是強弩之末，而來日不明。十一樓頂失足，我將墜落還是飛翔？

讀過一個故事，德惠街夜未央，鹽柱「從一家酒吧到另一家，發明屬於自己的舞步，喝酒抽菸，有時吸一點大麻（但大多時候都吐掉了），盯著旋轉的燈光，企圖抓住青春，但一閃神，青春就不見身影了」。

原來，所有自以為獨特的取徑，都已經印過前人的足跡。

你的我的，還有他的，故事確實是唯一卻也是相似的；真正使我們不一樣的，是不一樣的說故事的方法。好像另一名鹽柱，他讓筆下人物沿著德惠街往南走去，而其實，其實這是一條東西向的短街。

之四：塵灰

也曾有些日子我哪裡都不想去都去不了，竟至必須感謝工作讓我每日出門，固定上班固定下班兩根支柱撐持起生活這張支離破碎的網；守著老房子時，常常就是坐在落地窗前，讓探進陽台的日光將雙腿曬出臃腫黑影子；我凝視，一開始是光，很快為光線中的浮游吸引了去，細，比細更細，一時吃了日照全發散金色茸茸的光暈，隨風飄搖，緩緩降落。

儘管俯身擦拭地板，謹小慎微，已是無眠夜裡召喚睡蟲的儀式，仍抵擋不住塵灰暗地裡滋長，無性生殖一般，三五日，床底便鋪一層老鼠灰色的毯，沙發上偷偷積壓在褶皺裡。曾經並不如此，那時陽台上綠意滿是，野牡丹一大蓬一大蓬葉片怒放，蒜香藤好賣力攀著鐵窗往上爬，銀葉菊用著全部力氣展示它自己，還有黃色玫瑰紫色九重葛……日光篩過紗窗，地板上影影綽綽，微風吹過，飄飄搖搖，一閃神以為自己身在叢林裡。

那時候，假日常往花市跑，好興趣一攤一攤探看，攤販也都和氣：隨便看看喔大家交個朋友嘛不買也沒有關係。去一趟來一趟，南一趟北一趟，手裡滿滿提袋，公車上蘭花探頭雛菊搖擺，乘客張望也跟著好開心。那時候，心情也很和氣，晚上睡得著，白天精神好，推門站到陽台，一溜花草都在向我道早。

（王先生早安。早，各位花草大家早。）

生活是個曲線，心情便是明證；心情是個曲線，花草便是證明。是心情先不好還是花草先不好？野牡丹無端端落葉（再落葉就要幫你買頂假髮了），虎頭茉莉病奄奄像隻小貓雛，蒜香藤發花越來越細微，最後連顏色也上不著了……心情持續不好，心事彷彿塵灰積壓，夜半裡無眠，起床擦拭地板，或者唰唰唰筆記本裡寫下文字，記錄然後抹去沙灘上螃蟹疾行紊亂的痕跡。

浮士德的交易。

接著，是一場無聲屠殺：生氣盎然時百般呵護，澆水施肥好比照顧小情人，如今卻也棄如糟糠。陽台回復空空蕩蕩，並不是原初的空蕩，而是帶著浩劫後的難堪，空瓦盆空水壺黃土乾裂沒有生命跡象，風吹來，一片兩片枯葉掀啊掀，塵灰旋即騰起而不落下，空中轉圈像溜冰。急忙收拾打點，只剩空衣架上吊，晃啊晃，老房子更是老態盡露。

只有文字生機勃發，像某些球莖未經酷寒不能夠吐露。讀過一個故事，年紀輕輕的鹽柱寫下大量筆記，洵美且異，但她的生活是這樣過的：「終日在棉被裡流淌藍色和紅色的眼淚，睡眠也奢侈。」拜倫。吳爾芙。梅爾維爾。芥川龍之介……鹽柱年紀輕輕便以暴烈方式自殺身亡，化為一個符號，活下來的我（們）則變成面貌模糊可有可無的，通稱的人。

（我也寶愛這樣的平凡。也愛寫這樣的平凡。）

生活是個曲線，心情便是明證；心情是個曲線，已經沒有花草可以證明，但在一個假日清晨，難得的一夜好眠後，精神飽滿站到陽台，東看看西瞧瞧，突然發現有芽眼自收在透明塑膠袋的培養土裡冒出頭，細莖桿上頂著種皮像英國禁衛軍戴熊皮帽，帽上還有一小撮土泥，驅身端詳，道早！

遂回返裡屋，把自己收拾停當，整裝往花市踅去。

之五：換魂

德惠街一住四年半，前年八月間搬來牯嶺街，從城北到城南，從風化區到文教區，爾雅、洪範都在五分鐘腳程裡，可是，牯嶺街最負盛名的舊書店，踅了半條街卻未有發見，後來才知曉，原來都在另外半條街上。

舊書，是在以前叫作收破爛的現在好文明稱呼為資源回收處見到的。兩座老房子，兩名老嫗各自守著，都個頭小都皺紋多，一文一武，後者不管寒天暑天常坐在給她堆疊成一座廢墟也似的屋子前，撬廢建材上的鐵釘，拆電線裡頭的銅絲，解機車、電風扇零件，我曾見過她護雛一般護著那一院子「垃圾」，揚言誰敢動她寶貝她就跟誰拚命，搖滾青年的憤怒；一開始我把家中舊報紙過期雜誌玻璃瓶鋁罐，趁她不在就擺在那勝似百寶箱的推車旁，一回遭她鄰居制止，遂改將打包好的廢棄提到稍遠處另一名老嫗之處，偶然地目光相交，這另一名老嫗會輕輕說聲謝謝；這名老嫗也賣蔬菜水果，我曾駐足打算買點葡萄棗子什麼的，發現一律蔫蔫，只好匆匆打包幾顆橘子走（反正它本來就皺）。

不同於搖滾老婦總在拆解金屬，溫柔老婦做的，卻更讓我看得張開了嘴卻不自覺：她在──撕，書。書本擺上膝頭，兩三張、五六張，刷地好爽俐把一本書肢解開，疊到瓦楞紙箱裡。只是殺時間嗎？冬日午後，三四名婦人圍坐一圈，一人一書，《三民主義》、《故宮月刊》、《國家地理雜誌》、《量子力學》，不管什麼書，解體之後，僅僅都成了一張張紙，上頭印著文字；賣到回收場，借屍，還魂，值多少錢？

搬家前我曾提兩大袋書到舊書店，老闆慎重計著價，這本五元那本十元，（啊，你去架上看看有沒有喜歡的吧）。計總時我大概作出什麼不得體的表情，店老闆說：「你看起來很失望。」不不不，不是失望，是震驚！這些書多半穎新得不像有人翻閱過，怎麼經了我一手──這還是個迷信處女的年代嗎？

我是搭計程車過去的，回程老實巴交等公車。

讀過一個故事：食字獸收羅齊全鹽柱家族早期書籍期刊五十七冊，低調送來給簽名，到了依約返還時，鹽柱將書冊打包放在屋前矮凳等食字獸來取，不意卻讓早五分鐘經過的資源回收老人收拾了去。緊接著是一連串的追蹤，終於來到資源回收場，鹽柱不忍眼中所見：「我們只能把自己變成一株草本靜立其中，讓氣味充塞，讓細細如無的嘆息如濛濛灰色一層一層落下落止在我們身上。」

想像文字如窠巢被搗的群蟻、群蜂或群人倉皇奔逃。

我用文字為自己砌造一座護城河，圈地，自立為國王；不是我驅遣文字，是文字定義我建構我；然而，我不敢忘記有更多的人，對他們有意義的不是文字的力量，而是紙張的重量。

之六：最初

夾竹桃，曼陀羅，拿栊仔，枸杞，菅芒阻道，兩條草花蛇搓草繩似地媾結在一起，熱感應，窸窸窣窣往更隱蔽之處避躲；以為無有去路了，伸手撥開菅芒（小心，別劃破手臂），身前一座老屋宅，圍繞稻埕長著龍眼樹玉蜀黍桃花盛開，一片竹林青青，林下隆起土堆迸裂幾條縫，徒手掘開，新笋嬌憨，握眉狀鐮刀剜下，煮湯，春天的滋味。

緣仔姑婆自裡屋現身，她佝僂的背幾乎與地面平行，手中捏兩片年糕遞給我當零嘴。婆祖在窗後扯著喉嚨叫喚，要我進屋讓她看看有無長高些；婆祖生病無法下床很久了，再看不到她一雙小腳搖搖顫顫，顫顫搖搖。

回老家時，黃昏時分我常散步到幾分鐘腳程外這座老屋宅。當然，婆祖早已經故去；當然，緣仔姑婆也已經不在了；艷異夾竹桃曼陀羅悉數連根伐去，僅剩一棟紅磚屋，兩扇大門還鎖得牢靠外，其餘沒一處不能讓飛鳥與小獸自由出入。

樹們都還在，只是瘦了野了有些還生著病；大花咸豐草霸占整座春天的稻埕，昆蟲走動蚊蚋飛舞，美人蕉塗胭脂抹粉怡然自在。這一切，我所感覺到的並非傷逝，我所感覺到的是隱隱然大自然有個秩序在推移著，像月有圓缺天有陰晴潮汐漲起復退散。

然而出現夢中的——甚至不必臥以待夢，只要闔上眼隨時可以召喚前來的，始終是那個最初的場景，十七歲出門遠行前的模樣，芝麻田，油菜花田，田壟上木瓜樹結乳房狀果實，混種純白好漂亮一隻狐狸狗自知即將死去不曉躲到哪兒永遠與我們玩著捉迷藏……讀過一個故事，鹽柱旅行到了倫敦雀兒喜藥草園，看見溫室裡一簇西班牙鳳梨高掛枯樹梢，沒有根，吸收空中水汽便能夠存活，年少即離鄉來到都市的鹽柱一時憬悟到：「這植物已是我的今生，根則如蟬殼被蛻在前世。」以為自己不再有根的羈絆，以為自己終於自由如風如光如無。

不是的，不是這樣的。日後鹽柱當有再一回的幡然領悟：沒有人能真正離開童年，那座老房子，那座老院子。他的人不能；藉以表白他自己的文字，也不能。

關於作者

王盛弘，一九七〇年出生於彰化縣和美鎮「竹圍仔」；自幼生長於農家，母親不識字，父親只受國民教育，他們不善於說教，卻在行動之中示範了淳樸、溫情、與人為善；青少年時期嗜讀琦君與三島由紀夫的著作，與前者通信達二十年之久，啟示了有關親情、友情的施與受，及對他物的關愛，後者使其正視人性中的愛慾、敗德和生死。

一九八八年負笈北上，根扎在農地，枝枝葉葉卻不住地向著都市試探伸展；嗣後，成了一棵懷抱母土投奔異鄉的植物；一九九五年退役後留在台北工作，自覺到彷彿一顆種籽，孤身遠離母體之後，一旦落土，便有自信在那裡穩穩地把根扎下；二〇〇一年收拾行囊，一個人自助旅行英、法、西等國將近三個月，視野為之開闊，是時在倫敦雀兒喜藥草園發現披掛於枯木上的一簇西班牙鳳梨，甚至不必有根，吸收空中水汽便能夠存活，而有所頓悟，因此期許自己是一個地球人。

然而，終於還是體悟到那一度以為將從生活之中慢慢消抹而去的童年，畢竟是生命的底蘊。

性好文學、藝術與植物，愛好觀察社會萬象，有興趣探索大自然奧祕，賦予並結合人文意義，也喜好旅遊，自歐返國後以此經驗書寫，完成《慢慢走》（二〇〇六，二魚），為「三稜鏡」三部曲之一，深獲文學界與讀者賞識，南方朔稱譽：「我不吝惜對這本書的推崇，是因為不能吝惜！」「三稜鏡」同心圓一般自外圍而核心，寫歐遊見聞與感思、台北心路與履歷，以及十七歲出門遠行前的家鄉童少時光；《關鍵字：台北》為第二部曲，遊走於二二八和平公園、建國花市、陽明山、永康街、德惠街、牯嶺街、外雙溪、淡水、平溪、夜店、健身房等所在，立下一座座文學地標，文章集結出書前即廣為收入各種選集。

二〇一〇年出版《十三座城市》（馬可孛羅）。

創作上鍾情散文，入選「台灣文學30年菁英選：散文30家」（二〇〇八，九歌），曾獲林榮三文學獎（二〇〇七）、國科會科普散文獎（二〇〇六）、時報文學獎（二〇〇五）、台北文學寫作年金（二〇〇二）、教育部文藝創作獎（二〇〇〇）、梁實秋文學獎（一九九九、一九九六）、台灣省文學獎（一九九八）、磺溪文學獎（一九九八、一九九七）、台灣省教育廳文藝節徵文（一九九八）、王世勛文學獎（一九九七）、《台灣新聞報》年度作家（一九九六、一九九五）等十餘個獎項，暨國家文化藝術基金會創作補助。著有《帶我去吧，月光》（二〇〇三，一方，獲國家文化藝術基金會出版補助）、《一隻男人》（二〇〇一，爾雅）、《草本記事》（二〇〇〇，智慧事業體，行政院新聞局中小學生優良課外讀物推薦，後更名為《都市園丁》）、《假面與素顏》（二〇〇〇，九歌，後更名為《留下，或者離去》）、《桃花盛開》（一九九八，爾雅，獲國家文化藝術基金會出版補助）等散文集，論者稱：「王盛弘專注於散文創作，立基於傳統並向上攀探，嘗試抒情的各種可能，題材多變，用字簡練精準，風格清暢且懂克制，不求炫目，擅長以綿密筆觸引出深情厚意，尤其寫鄉土、記憶、愛慾情懷和草木微物，皆自然細緻，能觀顧時代氛圍又不為此所限。」

畢業於大榮國小、和美國中、彰化高中、輔仁大學大傳系廣電組，台北教育大學台灣文化研究所肄業。長期於媒體服務，曾獲報紙副刊編輯金鼎獎。出沒於中時部落格「靠邊走」：http://blog.chinatimes.com/essay/。

發表索引

01 **夜遊神**（2004.4.11《自由時報‧副刊》，收入九歌《台灣文學30年菁英選：散文30家》）

02 **大規模的盛開**（2006.12.16《國語日報‧少年文藝》，收入台北市政府新聞處《品台北》）

03 **有鬼**（2003.2《聯合文學》總220期）

04 **空號**（2005.2.14《自由時報‧副刊》）

05 **經過了他**（2004.4《幼獅文藝》總616期，收入聯合文學《因為玫瑰》）

06 **夕照**（2006.2.24《聯合報‧副刊》，2006.3.13《世界日報‧副刊》轉載）

07 **天天鍛鍊**（2008.1.3《自由時報‧副刊》，獲林榮三文學獎散文組佳作，收入得獎作品集，收入天下文化《1970-2010台灣　天下散文選》）

08 **土撥鼠私語**（2000.12.8《中央日報‧副刊》，收入九歌《89年散文選》、爾雅《夏天踮起腳尖來》，獲二〇〇〇年教育部文藝創作獎散文組第二名，收入得

獎作品集）

09 **灰塵**（1997.12.11《台灣新聞報・西子灣副刊》）

10 **花盆種貓**（2007.4.10, 11《自由時報・副刊》，收入九歌《96年散文選》）

11 **夜間飛行**（2008.5《聯合文學》總283期）

12 **暗潮**（1997.11.27《台灣新聞報・西子灣副刊》）

13 **Nature High**（2003.2《幼獅文藝》總590期，收入未來書城《台灣散文／人文篇》、木馬文化《作家的城市地圖》）

14 **我的草木們**（2003.9.28《中國時報・人間副刊》，收入二魚《台灣軍旅文選》）

15 **嚇死鼠**（2002.4.10《香港作家雜誌》總18期）

16 **德惠街女人**（2007.1.29《中華日報・副刊》）

17 **哈，哈日風**（2000.11.28《台灣新聞報・西子灣副刊》）

18 **綠意鬧區**（2005.10《誠品好讀》總59期）

19 **浮生**（2004.1《少年台灣》總20期，收入遠景《翠意沉靜》）

20 **飛起來了**（2003.5.15《自由時報・副刊》）

21 **想像飛行**（2006.10.10《自由時報・副刊》）

22 **穿錯一雙鞋**（2003.10.24《星報》，收入圓神《時光紀念冊——五六七年級的物件紀事》）

23 **感謝阿Q**（2000.12.3《台灣新聞報・西子灣副刊》）

24 **老房子**6帖（《自由時報・副刊》）之1**拾荒**（2008.2.18）之2**大隱**（2008.2.25）之3**市井**（2008.3.17）之4**塵灰**（2008.3.10）之5**換魂**（2008.3.3）之6**最初**（2008.3.24）

國家圖書館出版品預行編目資料

關鍵字：臺北／王盛弘著. -- 初版. -- 臺北市：馬可孛羅文化出版：家庭傳媒城邦分公司發行, 2008.05
面； 公分. --（旅人之星：1036）
ISBN 978-986-7247-73-5（平裝）
857.63 97005308

【旅人之星】36

關鍵字：台北

作　　者❖王盛弘
封面設計❖黃子欽
地圖・彩頁製作❖阿廣
總 編 輯❖郭寶秀
責任編輯❖巫維珍

發 行 人❖凃玉雲
出　　版❖馬可孛羅文化
104台北市中山區民生東路二段141號5樓
E-mail : marcopub@cite.com.tw
發　　行❖英屬蓋曼群島商家庭傳媒股份有限公司城邦分公司
104台北市中山區民生東路二段141號2樓
客戶服務專線：(02)25007718；25007719
24小時傳眞專線：(02)25001990；25001991
讀者服務信箱：service@readingclub.com.tw
劃撥帳號❖19863813　戶名：書虫股份有限公司
香港發行所❖城邦（香港）出版集團有限公司
香港灣仔駱克道193號東超商業中心1樓
電話：(852)25086231　傳眞：(852)25789337
E-mail：hkcite@biznetvigator.com
馬新發行所❖城邦（馬新）出版集團
Cite (M) Sdn Bhd
41, Jalan Radin Anum, Bandar Baru Sri Petaling, 57000 Kuala Lumpur, Malaysia.
E-mail: cite@cite.com.my
輸出印刷❖中原造像股份有限公司
初版一刷❖2008年5月
一版三刷❖2012年5月
定　　價❖280元

SBN: 978-986-7247-73-5（平裝）
Published by Marco Polo Press, a Division of Cité Publishing Ltd.
Printed In Taiwan

城邦讀書花園
www.cite.com.tw

市民大道╳敦化南路
〈天天鍛鍊〉〈夕照〉
忠孝東路╳延吉街
〈夜間飛行〉
仁愛路╳光復南路
〈土撥鼠私語〉
松隆路
〈哈，哈日風〉
捷運木柵線

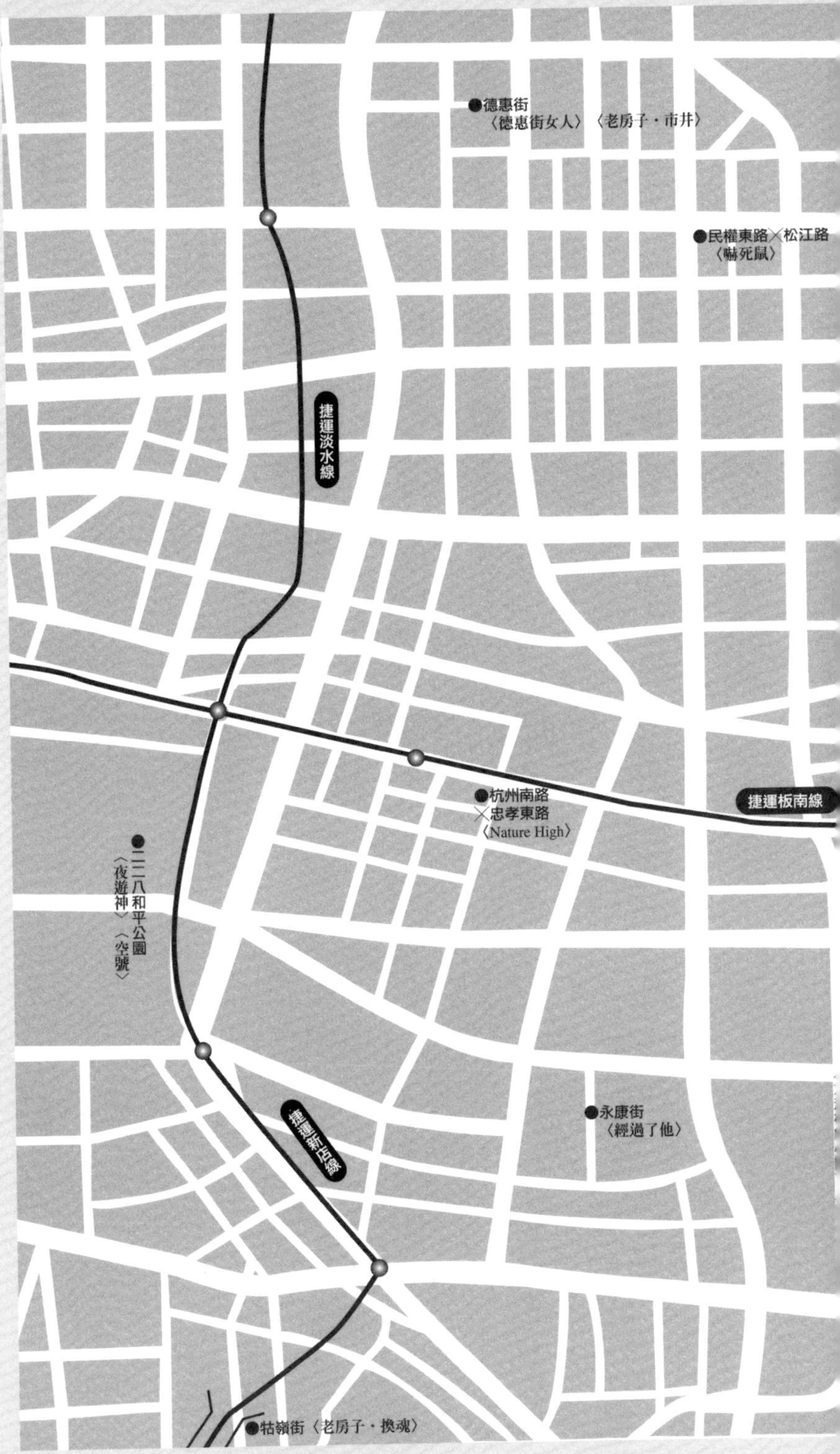
德惠街
〈德惠街女人〉〈老房子・市井〉
民權東路╳松江路
〈嚇死鼠〉
捷運淡水線
捷運板南線
杭州南路
╳忠孝東路
〈Nature High〉
二二八和平公園
〈夜遊神〉〈空號〉
捷運新店線
永康街
〈經過了他〉
牯嶺街〈老房子・換魂〉

●沙崙〈暗潮〉
●淡水
〈夕照〉
〈我的草木們〉
●陽明山
〈有鬼〉
●外雙溪
〈浮生〉
●輔大
〈Nature High〉
台北市
●平溪
〈飛起來了〉
台北縣